DIE FALSCHE VERLOBTE

JESSA JAMES

KAPITEL 1

$\mathcal{C}$hloe

Als Blake Collins ins Zimmer kam, nahm ich ihn genau unter die Lupe. Er hatte eine herausfordernde Arroganz in seinem Schritt und einen entschlossenen Blick aufgesetzt. Der Mann sah umwerfend aus. Ich hatte ihn im Fernsehen gesehen, aber noch nie in Person. Noch nie, wenn er nicht vor der Kamera stand, egal ob auf dem Eis oder nicht. Ich konnte sehen, dass er sich nicht groß um Meetings kümmerte und das es ihm nicht gefiel, zu einem zitiert zu werden, wie ein Kind in das Büro des Direktors.

Aber der reiche Playboy stand ihm gut und ich war nicht immun, egal wie sehr ich versuchte, es zu sein. Alles an ihm ließ mich ihn anfassen wollen, die kleine Welle in seinem Haar, sein gut gepflegter Bart, den er gerade lang genug ließ, dass ich mich fragte, wie es sich anfühlen würde, wenn er damit meine Innenschenkel streifte, bis hin zu den Markenklamotten und italienischen Schuhen. Ein Spieler. Ein böser Junge.

Probleme.

Seine Ausstrahlung passte zu seiner Person, so vorhersehbar, dass ich lächeln musste.

„Blake, das ist Chloe Hansen", sagte Frank Stell und schaute zu mir hinüber und dann auf die anderen im Zimmer. Frank war mein Chef und betrieb alle Filialen von SportsAds an der Westküste. Und er hatte meinem Plan bereits zugestimmt … wir hatten den Loverboy nur noch nicht über Einzelheiten aufgeklärt. Frank warf mir einen Blick zu, der praktisch schrie − Ich hoffe, du weißt, was du tust − ehe er sich wieder zu Blake drehte. „Du kennst die anderen."

Die *anderen* waren Tom Lassiter, der weißhaarige Besitzer der Detroit Blizzards, ein paar feine, junge Männer mit Brillen, die nach Anwalt aussahen und Ralph Dodge, ein Sportagent und ein rundum angenehmer Mann − soweit ich gehört hatte − was wahrscheinlich einer der Gründe dafür war, warum er seinen Kunden nicht unter Kontrolle hatte.

Blake ignorierte den Mann und drehte sich zu mir. Sein breites Grinsen und sein tiefer grüner Blick fesselten mich, als er meine Hand schüttelte. Es war ein starker Griff, warm und selbstbewusst. Ein elektrisches Kribbeln durchfuhr meinen Körper, als seine Haut sich zum ersten Mal mit meiner verband. Er ließ seine Augen mit geübtem Blick über meinen Körper gleiten, die Art Blick, die ein Mann einer Frau in der Bar zu wirft und nicht in einem Konferenzraum; genau das, was ich von ihm erwartet hatte. Ein echter schlimmer Finger in Höchstform und ich wurde selbstbewusster, während er sich verhielt, als ob er von einer Karteikarte ablesen würde. Frank rollte hinter Blakes Rücken mit den Augen und ich lächelte, ein wissendes, breites Lächeln. Blake musste mich nicht mögen. Noch müsste ich ihn mögen. Er musste einfach nur zuhören und meine Gewissheit wuchs felsenfest in meiner Brust. Blake würde meinem Plan zustimmen müssen. Er hatte keine andere Wahl. Er war vielleicht ein böser Junge, aber er war nicht dumm. Davon war er weit entfernt.

Er setzte sich, lehnte sich zurück und wandte seine Aufmerksamkeit den Männern in Anzügen zu. Ich nutzte die Gelegenheit, um ihn mir von oben bis unten anzuschauen. Sein großer und muskulöser Körper, der perfekte Körperbau eines Spitzensportlers, der normalerweise gut hinter Hockeypolstern versteckt war. Sein kantiges Gesicht gab ihm einen unwiderstehlichen, robusten Ausdruck. Ich musste mich zurückhalten, um nicht darüber nachzudenken, wie seine Haut schmecken würde, selbst wenn sich das lächerlich anhörte. Er schickte ein flüchtiges Lächeln in meine Richtung, als wenn er meine wandernden Augen spüren könnte, und zeigte dabei seine perfekten weißen Zähne.

Das war ein geschäftliches Meeting und keine Bar, wo man jemanden aufreißen konnte. Ich schüttelte meinen Kopf und schaute weg, wütend auf mich selbst, dass ich mich von so einem Typen wie ihm ablenken ließ.

Das war ein Job. *Er* war der Job.

Auch wenn er schön anzusehen war, war mein Interesse an Blake nur beruflich. Ich kannte bereits den Zweck dieses Meetings. Dieser Vorteil gab mir die Gelegenheit, meine Aufmerksamkeit auf seine Reaktion zu richten, während er zusammengestaucht wurde. Der Teamchef gab ihm ein Ultimatum. Ich konnte schon an der Art wie er da saß sehen, dass das was besprochen wurde, Blake nicht gerade glücklich machte – ich beobachtete die

Veränderung in seiner Haltung, als die Worte bei ihm ankamen.

„Was soll ich denn machen?", fragte er und setzte sich gerade hin, seine gewöhnliche Haltung und sein freches Lächeln waren weg. „Soll ich so tun, als ob ich jemand anderes wäre? Mich in meinem Haus verstecken?"

Ich verschränkte meine Arme und lächelte zurück. Selbst wenn ich seinen Ruf als Bad Boy nicht kannte, der Ton seiner Stimme war Beweis genug. Blake setzte sich immer durch und er erwartete, dass es auch so bleiben würde. Der Hockeystar musste sich verändern und das gefiel ihm überhaupt nicht.

Gewöhn dich besser daran, Blake.

Es amüsierte mich, wie er sich wand. Eine befriedigende Bestätigung überkam mich, während ich dem Schauspiel vor mir zusah. Ich lebte dafür, aus erster Hand Zeuge des sich entfaltenden Dramas zu sein. Ich verbesserte die Beziehungskatastrophen von Stars, das war mein Job. Die Herausforderung, die Blake mit sich brachte, brachte eine andere Art von Aufregung mit in den Job. Blake Collins, immer die Kontrolle über sich selbst, immer perfekt aussehend für die Kameras, schien in sich zusammenzufallen, als das Wort *Verlobte* aufkam.

Ich wusste, ich würde meinen Teil leisten müssen, damit er sich noch eine Zeit lang unwohl fühlte und ein Teil von mir genoss das. Wenn ich es mit Machomännern zu tun hatte, die dachten hart zu sein, hieß das, dass alles immer nach ihrer Nase lief. Die Herausforderung herauszufinden, ob ich sie brechen konnte, selbst nur ein bisschen, war berauschend. Ich liebte nichts mehr auf der Welt, als ein Alphamännchen. Heiß. Dominant. Selbstbewusst. Viele Angeber in der Welt der Stars und Sternchen knickten ein, wenn der Druck zu groß wurde. Aber Blake?

Er war besorgt, aber er war nicht geknickt. Das Feuer, das in seinen Augen brannte, ließ mein Herz rasen. Gott, ich wette, er war unglaublich im Bett.

Sein Blick traf meinen und die Hitze dort ließ mich einen Augenblick das Atmen vergessen. Wir starrten uns sekundenlang an und ich konnte nicht aufhören mich zu fragen, was für eine Art Lover er wohl war. Männer wie er gingen normalerweise von einem Extrem zum anderen. Sie nahmen entweder das, was sie wollten und es war ihnen egal, ob die Frau den Ritt genoss oder nicht … oder sie waren stolz darauf, eine Frau zu zerstören, und sie zu verschlingen, bis sie alle Freuden verloren hatte und völlig unter ihrem Kommando stand.

Mein Höschen wurde nass und meine Nippel wurden unter meiner Bluse steif. Gott sei Dank hatte ich heute einen dicken Push up BH gewählt. Ich würde nichts zeigen, vor allem keine Schwäche. Nicht gegenüber einem Jäger wie ihm.

Wenn der Spieß bei Typen wie Blake umgedreht wurde, wurden sie immer hart. Ich konnte seinen Frust fühlen und das goss nur noch mehr Öl in mein Feuer, bot den extra Funken und Ansporn, meinen Teil der Vereinbarung am Ende einhalten zu können. Es machte meinen Job nur noch besser.

Ich konnte ihn natürlich nicht verändern. Das wusste ich. Ein Leopard veränderte niemals seine Flecken oder so. Blake spielte vielleicht mit und folgte Befehlen und würde eine Zeit lang so tun, wenn der Druck groß genug war. Er würde sich benehmen, solange der Druck noch bestand, aber er würde das niemals als das neue Normal annehmen. Böse Jungs kehrten immer wieder zu ihrem Verhalten zurück. Wenn die Handschellen in ein paar

Monaten wieder abkamen, würde es Feuerwerke geben. Er würde wahrscheinlich einen Monat durchfeiern und jede Nacht eine andere Frau vögeln. Das lag in seiner DNA.

Zum Glück konnte es mir egal sein, was nach diesem Job passieren würde. Ich musste ihn nur eine Zeit lang auf Herz und Nieren überprüfen. Ich würde für diese Bemühungen gut bezahlt werden und ich freute mich schon darauf, ihn sich winden zu sehen. Ich könnte sogar sagen, es wäre nur zu seinem Besten.

Blake war ein bekannter Hockeyspieler-Star. Er war zweiunddreißig und meiner Meinung nach auf dem Höhepunkt seiner Karriere. Ein echter Hingucker. Er war groß und rau und selbstbewusst – ein bisschen zu selbstbewusst. Seine körperliche Stärke, seine Fähigkeiten beim Spiel und sein Bad Boy Image hatten ihn bis ganz nach oben gebracht. Mit seinen 1,87 m und 95 Kilo, spielte Blake als aggressiver Flügelspieler für die Detroit Blizzards. Er hatte sich auf dem Eis einen Ruf dafür erworben, die Dinge körperlich ordentlich aufzumischen. Er war zum Abräumer im Team geworden. Sein brutales Forechecking brachte die Gegner durcheinander und hatte maßgeblich dazu beigetragen, dass die Mannschaft in den Play-offs in die letzte best-of-Seven Runde gegen Winnipeg gekommen war, die jetzt bald beginnen würden.

Blakes raue Spielweise versicherte auch, dass die Strafbox nie leer blieb. Nicht, dass er öfter als andere dort saß, aber er hatte eine Art, die anderen im Team dazu zu bringen zu weit zu gehen und den Preis dafür zu zahlen.

Ich würde mich selbst nicht als großen Hockeyfan

bezeichnen, aber ich kannte seine Spielerstatistik wie meine Westentasche.

Ich hatte mich auf diesen Job vorbereitet.

Noch wichtiger, ich hatte Videos von seinen Pressekonferenzen angeschaut und Stunden damit verbracht, Material anzusehen, ohne das ich dabei gemerkt hatte, wie die Zeit verging.

Und jetzt in diesem Zimmer bei seiner Anwesenheit verstand ich seinen Ruf als Ladykiller. Er verströmte sogar in der Entfernung eine sexuelle Hitze, und als ich seine Hand geschüttelt hatte, fühlte ich eine heiße Sehnsucht in meinem Inneren. Mir würde es gefallen, wenn er sich zu mir lehnen und mir dreckige Worte in mein Ohr flüstern würde. Fleischige Versprechungen, die er dann am Abend alle erfüllen würde.

Er schaute mich an und ich sah die Bewegung seiner Zunge, die seine Lippen befeuchtete. Ich stellte mir vor, wie diese Zunge zwischen meinen Beinen an meiner Klitoris arbeitete und ich musste ein Keuchen zurückhalten. Ich hasste mich selbst dafür, für ein paar Sekunden in diese sexuelle Falle geraten zu sein. Ich wollte mich nicht auf dem Stuhl winden, um ihn wissen zu lassen, wie sehr mich so eine einfache Geste aus der Fassung brachte.

Idiot! Ich musste die Art von Antworten kontrollieren. Dieser Hengst war vielleicht heiß und ersehnenswert, aber er war auch ein Arschloch der nichts als Ärger für sich und sein Team brachte. Ich musste ihn in der Öffentlichkeit auf Spur bringen und nicht in meinem Bett. Er war mein Projekt. Mein Job. Ich sagte mir selbst, dass es gut war, zu wissen, dass ich ihn so verdammt attraktiv fand. Wenn mir das bewusst war, könnte ich mich selbst beobachten. Meine Mauern oben und die Batterien in meinem Vibrator vollgeladen lassen.

Er ist ein Arschloch, erinnerte ich mich selbst, als wenn ihn das weniger heiß machte. Ich seufzte laut und versucht meine mentale Fassung wieder zu gewinnen.

„Wir haben alles gesagt", sagte Tom Lassiter und legte seine Hand auf den Tisch und stand auf. Der Rechtsanwalt sprang auf und Tom nickte mir zu.

„Als PR Chefin dieses kleinen Projekts hat Chloe eine Strategie entwickelt. Sie ist die Verantwortliche und wird dir sagen, was du tun musst."

„Warte", sagte Blake und hielt eine Hand hoch. „Was genau soll ich machen?"

Tom lächelte. „Blake, du machst, was immer sie dir sagt. Das ist ihr Spezialgebiet. Alles, was mich interessiert, sind Ergebnisse." Er verengte seinen Blick, alle Freundlichkeit war weg. „Ich erwarte, dass du mit ihr zusammenarbeitest."

Die Männer gingen mit einem „ansonsten" das noch in der Luft hing.

Blake drehte sich zu mir und zwinkerte. „Du?"

„Ich. Mein Name ist Chloe", erinnerte ich ihn.

„Du wirst das beheben, was mich plagt?"

Ich lachte. „Ich werde das beheben, woran du *scheiterst* – dein Image."

Er schnaubte. „Und kannst du das?"

„Eigentlich musst du das tun", erklärte ich ihm. „Du bist das reine Chaos, Blake. Und wenn du dein Image nicht aufpolierst, dann wirst du in ein Verliererteam eingewechselt. Danach kannst du zusehen, wie deine Verträge wie Nebel in der Wüste verschwinden."

Sein Blick war so intensiv, dass ich kaum noch atmen konnte. „Fick dich, Chloe."

Das hatte ich erwartet, diese rauen Wörter, mit diesem ruppigen Verhalten wollte er mich testen, mich aus dem Gleichgewicht bringen. Aber ich war nicht mehr das kleine Mädchen, das man leicht einschüchtern konnte. Ich hatte hier die Oberhand und wir wussten das beide. „Nicht mal auf einem Bett, Blake."

Ralph Dodge seufzte und legte seine Hand auf Blakes Schulter und nutzte seine Gelegenheit, um diesem erwachsenen Mann ein wenig Sicherheit zu geben, der sogar in seinen Dreißigern noch eine Menge Streicheleinheiten zu brauchen schien. „Du willst doch, dass das Team deinen Vertrag erneuert, oder? Du willst doch, dass ich diese Verträge, von denen ich dir erzählt habe, abschließe oder? Mein Sohn, beides ist in deiner Reichweite, aber sie hängen am seidenen Faden. Niemand will dein Gesicht auf ihrer Werbung haben und dann schlechte Publicity bekommen, wenn du Mist baust und wegen Trunkenheit am Steuer verhaftet wirst oder nackt auf einer Poolparty-Orgie auftauchst."

Blake zuckte zusammen und drehte sich weg, als er rot wurde.

Ich musste lächeln. Kein Beispiel war hypothetisch. Blake war bekannt als Partytier – ein schwer arbeitender, spielharter Typ. Aber die guten Zeiten hatten ihn eingeholt. Eine Woche zuvor war er bei einer Drogenfahndung auf einer Party erwischt worden und das war bekannt geworden. Das Team hatte Anrufe gemacht und verhandelt. Es war nur eine Frage der Zeit, ehe es an die Presse geraten war.

„Hör zu Ralph", begann Blake. Ich kannte den Ton. „Erstens nenn mich nicht Sohn. Zweitens, ich bin gut auf dem Eis. Wir sind mit einer guten Gewinnchance in den Play-offs. Warum schert sich das Team überhaupt um mein Privatleben?"

„Weil es nicht privat ist, Blake." Ich hielt mein Handy hoch, auf dem ich ein Bild von meinem Feed hatte, das sein Polizeifoto von der besagten Nacht zeigte. „Es ist öffentlich und laut und lässt dein Team schlecht dastehen."

„Ich hatte nichts damit zu tun, was auf der Party passiert ist. Ich mag Frauen. Das gebe ich zu. Aber ich nehme keine Drogen und ich deale erst recht nicht damit."

Roger räusperte sich. „Das wissen wir doch. Aber Frank Stell's Agentur hat viele kooperative Spieler und er mag die Nachricht nicht, die dein Verhalten übermittelt. Hast du nicht gehört, wie Frank über den Trend davon gesprochen hat, Hockey zu einem mehr familienorientierten Sport zu machen? Es geht nicht nur um dich und die Blizzards."

Ich sah, wie sich über Blakes Gesicht ein freches Grinsen breitmachte, eins, dass Frauen ihre Höschen fallen lassen ließ und Männer dazu brachte, ihre Meinungen über Verträge zu ändern. „Wollen sie also, dass ich nicht so viel feiere? Das kann ich machen." Er schaute mich an. „Dafür brauche ich die PR-Dame nicht."

„Sie erwarten, dass du dein Image aufpolierst und sie geben dir dreißig Tage Zeit."

Er zuckte zusammen. „Was zum Teufel soll das heißen, Ralph?"

Ralph seufzte. „Sie wollen sehen, dass du gereift bist und das du einen ganz neuen musterhaften Weg gefunden hast."

„Sie wollen, dass du ihnen zeigst, dass man wild auf dem Eis sein kann und trotzdem nicht ein Leben mit Sex, Drugs und Rock and Roll leben muss", fügte ich hinzu, während ich meine Finger auf dem Tisch übereinanderlegte. „Sie wollen heutzutage Spieler, die bodenständiger sind, um ein gutes Beispiel für junge Spieler zu sein. Sie wollen, dass Mama und Papa zweihundert Dollar für ein

Ticket zahlen, damit der kleine Johnny zum Spiel gehen kann und ein Autogramm bekommt."

Er lachte. „Wie soll ich mich in einem Monat neu erfinden? Soll ich einer Sekte beitreten?"

„Das könnte funktionieren", antwortete ich. Er sah für einen Moment schockiert aus. „Es muss ja nicht so extrem sein, aber wir müssen die Welt davon überzeugen, dass du glaubst, dass es noch mehr im Leben außer Partys gibt."

Ich setzte mich auf den Tisch und saß damit erhoben über dem Superstar. „Wenn du nicht bereit bist, der Kirche beizutreten, dann habe ich einen anderen Plan."

Ein wissendes halbes Grinsen zog sich über sein Gesicht und er schüttelte seinen Kopf, während er sich in seinem Stuhl zurücklehnte. „Du hast einen Plan?"

„Einer der ihnen zeigen wird, dass du ein schlimmer Finger bist, der beschlossen hat, dass es einige Grenzen gibt."

„Ich hoffe, dass es ein besserer Plan ist, als der an dem du gerade arbeitest", Blake starrte mich an und ich fühlte die Hitze bei seinem Blick in mir aufsteigen. „Und du warst noch mal wer genau?"

„Eine Spezialistin, die Arschloch Machostars, die ihr Image versaut haben und es schnell wieder aufbessern müssen, auf den rechten Weg bringt."

„Okay." Er stand auf. „Danke für die Ideen, aber ich habe bereits ein Coach im Team. Warum sollte ich dich das Skript für meine Freizeit schreiben lassen?"

„Willst du auch noch nächste Saison für die Blizzards spielen, Blake?", fragte Ralph. „Ich will dich. Aber dein Vertrag läuft aus und das Management meint es wirklich ernst damit."

Er brüstete sich und zeigte auf Ralph. „Das ist mein Team, ich halte diese Mannschaft zusammen. Hast du vergessen, wie oft ich bester Spieler war?" Ralph versuchte es wieder auf die väterliche Tour. „Wie gut du das verdammte Spiel spielst, ist jetzt nur ein Teil davon. Das Team ist ein Unternehmen mit Sponsoren und Investoren. Auch die Stadt und die staatlichen politischen Typen müssen glücklich gemacht werden. Du verhältst dich wie ein straffälliger Jugendlicher, brauchst so oft Ausnahmen von der Polizei … das macht es noch schwerer das zu bekommen, was das Team braucht. Sie fragen sich, ob du im Gefängnis bist, wenn sie dich brauchen und die Sponsoren beginnen sich zu beschweren. Dann schauen sie sich deine Vertragsverlängerung an und denken an all die anderen Spieler, die vielleicht besser für sie arbeiten würden – selbst wenn sie nicht so gute Flügelspieler sind, vielleicht sind sie nahe dran. Und vielleicht sind sie besser für das Team außerhalb vom Eis."

Blake sank in seinen Stuhl und starrte mich an, als wenn das meine Schuld wäre. „Ich bin also am Arsch?"

Ich seufzte. „Nicht, wenn du tust, was ich dir sage. Es sind drei Monate, bis dein Vertrag ausläuft, also haben wir noch Zeit das alles zu ändern. Solange wir in den ersten dreißig Tagen guten Fortschritt machen, können wir das schaffen."

„Und das heißt was?" Er drehte seinen Kopf, um aus dem Bürofenster zu schauen.

„Es gibt nur eine Sache, eine glaubwürdige Sache, die einem Bad Boy in der Öffentlichkeit sofort gute Punkte bringt … etwas, das dir einen Grund gibt, dich zu verändern." Ich ließ ihn kurz zappeln, ehe ich die Bombe platzen ließ.

„Echte Liebe."

„Was?" Er warf Ralph einen schockierten Blick zu,

als ob der ihm gerade gesagt hätte, er müsste Mönch in einem Wanderzirkus werden.

„Blake, du wirst dich verloben."

Der Ausdruck auf seinem Gesicht wechselte auf entsetzt, als er sich in meine Richtung drehte. „Warum sollte ich das tun?"

„Weil Märchen sich immer gut verkaufen."

„Verkaufen?"

„Wir wollen, dass die Öffentlichkeit uns die Geschichte abnimmt. Während der ganzen Feierei und einem großzügigen Lebensstil hat Blake Collins ein Mädchen kennengelernt und hat sich verliebt. Du hast sie getroffen und jetzt bist du verrückt nach ihr, sodass du entschieden hast, jetzt nicht mehr jedem Mädchen nach-zurennen und dich niederzulassen. Du hast dich neu erfunden. Du bist erlöst. Du wirst alles tun, um sie glück-lich zu machen."

Er legte eine Hand auf seine Brust. „Ich?"

Ich lächelte und zeigte auf ihn. „Du Blake."

„Herzlichen Glückwunsch, mein Sohn", kicherte Ralph.

Er war überrascht. „Verlobt? Mit wem?"

„Wir bringen das in die Nachrichten. Du wirst mit deiner Verlobten überall auftauchen in der Stadt. Du kannst auf Partys gehen, auf bessere als die üblichen, aber sie bleibt bei dir und du tust so, als wenn du dein neues Leben lieben würdest und alles tun würdest, um ihr nicht wehzutun."

„Ich muss also heiraten, um danach in Ruhe Hockey spielen zu können?"

„Das ist doch nur eine Geschichte für die Presse, Blake."

Es überraschte mich, dass er das nicht zu verstehen schien. „Es ist eine dreimonatige Märchenepisode im Leben von

Blake Collins. Wir geben die Verlobung bekannt und du spielst den liebenden Verlobten für drei Monate. Sobald die Verträge unterzeichnet sind, kannst du eine Trennung inszenieren. Du kannst sie fallen lassen oder sie kann dich fallen lassen … das ist egal und ist nicht mein Problem."

„Und wird das funktionierten? Liebe erobert den Bad Boy?" Sein Ton war skeptisch.

„Okay. Sie liebt es, dass du so brutal auf dem Eis bist und ein kuscheliger Teddybär im Schlafzimmer – nur für sie." Ich heftete meine Augen auf ihn, um sicherzugehen, dass er wusste, was ich meinte.

Er nickte, aber wahrscheinlich nicht aus Zustimmung. „Und in wen soll ich so verliebt sein?"

"Wir brauchen jemanden, der eine Rolle in der Öffentlichkeit spielt. Mein Unternehmen wird eine Schauspielerin engagieren, das wird sie berühmt machen."

„Eine Schauspielerin?"

„Damit das glaubhaft wird, muss die Frau ziemlich heiß sein – heißer oder zumindest hübscher als die Mädchen, mit denen du normalerweise gesehen wirst – aber sie muss meinen Anweisungen folgen. Ich werde mit ihr arbeiten und eine Geschichte erfinden, wie ihr zwei euch getroffen habt und so."

„Aber wir heiraten nicht?"

„Nein, es ist ein Spiel, Blake. Tu einfach so, als ob du total verliebt wärst, bleibe ruhig bis nach den Play-offs und du hast deinen Teil getan. Danach kannst du tun, was du willst. Sie heiraten, Schluss machen … wir können das weiterspinnen, wie du willst. Die Nachricht wird angekommen sein und wird sich bis in die Off-Season halten.

Ralph grinste. „Siehst du, Blake? Diese Dame ist eine Expertin. Mach mit für drei Monate und bis dahin haben wir einen Mehrjahresvertrag mit dem Team und die Vertragsabschlüsse von Produkten und ein Vertragsabschluss führt zu anderen, und so weiter und so weiter."

„Und dann kann ich wieder ich selbst sein?"

Ich seufzte. „Es ist mir egal, was du danach machst, Blake. Du bist dann nicht mehr mein Problem."

Blake setzte sich hin und verschränkte seine Arme. Der Blick, den er mir zuwarf, veränderte sich. Als ich das erste Mal in diesen Konferenzraum gekommen war, hatte er mich unter die Lupe genommen, mich wissen lassen, dass er nicht nur so tat, als ob er nicht auf meinen Hintern, Beine und Brüste starren würde. Etwas hatte sich jetzt verändert, aber ich konnte nicht genau erkennen, was hinter diesen Augen brodelte. Ich hatte die Oberhand, das wusste ich, aber diese Veränderung beunruhigte mich.

„Wir überzeugen die Welt davon, dass die Liebe mich verändert hat. Der wilde Hockeystar trifft die Liebe seines Lebens und jetzt hält er sich an Regeln und steht unter dem Pantoffel seiner Verlobten, weil er Angst hat, dass seine heiße Tussi ihn sonst abserviert, wenn er Blödsinn macht. Das ist dein Scheißplan?" Er sah mir in die Augen, ohne dabei zu zucken. Es war eine Herausforderung.

Ich nickte einmal. „Eine harte Ausdrucksweise, aber ja. Das ist genau mein Plan."

„Und die Menschen werden diesen Scheiß glauben?"

„Es ist mein Job, dafür zu sorgen, dass sie das tun und wenn du tust, was ich sage, wenn du meinen Anweisungen folgst, dann wird es funktionieren.

Er begann bei meinen Zehen, als er seinen Blick wieder über mich wandern ließ und er lächelte, als er meine Augen erreichte. „Ich habe das letzte Wort bei der Frau?"

„Im normalen Rahmen." Ich erwiderte seinen Blick und behielt mein Zickengesicht, damit ich diesen Test nicht vermasselte und zuerst wegschaute. „Ich werde das ganze Theater arrangieren und du wirst schauspielern und die Rolle vergeben. Deine falsche Verlobte wird die Rolle nur in der Öffentlichkeit spielen."

Blake beendete unser Starren und stand auf und ging zum Fenster. Mein Büro befand sich im zwanzigsten Stock des Gebäudes und hatte eine beeindruckende Aussicht. Das gab mir einen guten Blick auf seinen breiten Rücken und ich bemerkte die Art, wie seine Schultern breiter aussahen, wenn er sich ziemlich anmutig bewegte.

„Also Ralphie, du sagst mir, dass die Sache ohne diese verrückte Showeinlage gelaufen ist?"

„Nicht unbedingt, aber es geht dann auch nicht unbedingt weiter nach oben", antwortete Ralph.

„Wenn nichts passiert, selbst wenn das Team deinen Vertrag erneuert, wird es nicht für den Preis sein, den du bekommen solltest und die Verträge kannst du vergessen. Der Markt ist für Sportler, die gute Vorbilder sind."

„Sie ist den Preis also wert, den ich für sie zahle?" Er schaute wieder zu mir und dann wieder zu Ralph.

„Das würde ich sagen."

„Muss ich dem Mädchen einen Verlobungsring kaufen?" Er drehte sich wieder zu mir um.

„Natürlich. Wir können die Verlobung auch öffentlich machen, sodass die Presse dabei ist", sagte ich. „Du kannst ihr sagen, dass du dich nie wieder nach anderen Frauen umsiehst. Das wird schön dramatisch."

„Dramatischer Scheiß", sagte er. Ich nickte. „Ich bin dahin gekommen, wo ich heute bin, weil ich bin, wer ich bin, ich werde mich nicht ändern."

Das musste er mir nicht sagen.

„Wir verändern nur dein Image. Du kannst immer noch ein harter Typ sein – das will das Publikum. Denk an das Spiel – du weißt doch, wie man auf dem Eis vortäuscht, wenn du vorgibst, dass du stolperst oder einen hohen Stock vortäuschst. Das ist absichtlicher Scheiß."

„Das gefällt mir nicht." Er seufzte, aber die Wut war aus seiner Stimme gewichen. Ich hatte ihn, ich musste ihn nur einwickeln.

„Versteh doch, der Bad Boy im Geschäft zu sein, bringt einen nur bedingt weiter. Du bist auf dem Höhepunkt deiner Karriere. Wenn du da bleiben willst, musst du die Spielregeln kennen, auf dem Eis und außerhalb. Du wirst neue Fähigkeiten brauchen und die kann ich dir beibringen."

Er neigte seinen Kopf und schaute mich an. „Du willst diesen Auftrag oder? Es wäre nur ein weiteres Abzeichen für dich."

Und Geld in der Bank. „Sicherlich. Das ist meine Arbeit. Davon lebe ich."

„Dann machen wir das zusammen."

„Natürlich."

„Ich meine wirklich zusammen."

Ich bemerkte einen verschlagenen Blick in seinen Augen. „Was meinst du?"

„Ich werde dein Spiel mit machen, das tun, was du sagst, aber nur wenn du ein Spieler Coach wirst."

„Ich verstehe es immer noch nicht. Versuch es noch mal auf Deutsch."

Das freche Grinsen war zurück. „Ich will, dass du meine falsche Verlobte bist."

lake

Ich genoss den Blick auf Chloes Gesicht, als ich sagte, dass ich darauf bestand, dass sie die Rolle meiner Verlobten spielte. Sie war sexy wie die Hölle und der doofe Spieler hatte sie überrascht. Natürlich hatte sie mich gleich darauf ebenfalls überrascht, indem sie zugestimmt hatte, und jetzt hatte ich sie am Hals. Sie ließ es also darauf ankommen und jetzt musste ich das durchziehen. Mit ihr.

Mir gefiel der Plan überhaupt nicht, aber wenn man bedachte, dass der Teambesitzer und die Unternehmen mit dem Geld für die Verträge alle schon ihre Meinung gebildet hatten, dass wir einen brandneuen und besseren Blake Collins formen mussten, dann hatte ich nicht viel Spielraum.

Zumindest stellte diese Chloe eine Herausforderung dar − eine schöne, langbeinige Herausforderung, die nicht im Geringsten meinem Charme erliegen zu schien. Tatsächlich war ich mir ziemlich sicher, dass sie mich nicht einmal mochte. Sie sah mich mit einem dünnen Lächeln an, dass sagte, *du bist nur ein Kunde*, nicht der reiche Hockey Spieler mit erfahrenen Bewegungen auf dem Eis und außerhalb. Weil ich diesen selbstgefälligen Blick von ihrem Gesicht wischen wollte, hatte ich diesen halbherzigen Vorschlag gemacht, dass sie meine Freundin spielte. Nein, Verlobte. Jetzt wo das Spiel losging, hatte ich Zeit, sie zu erobern. Es schien kein schlechter Plan zu sein; er garantierte Zugang zu einer tollen Frau, die ich von dem Moment an gewollt hatte, als ich ihre Hand geschüttelt hatte.

Ich datete keine professionellen Frauen und sicherlich hatte ich nie geplant sie zu meiner Verlobten zu machen, aber wenn ich sie dazu kriegen könnte, ihre Beine für mich breitzumachen, dann wettete ich, wäre das ein heißer Ritt. Sie würde genauso gut sein, wie ich. Sie würde leidenschaftlich sein und wild. Himmel, unter diesem steifen Anzug leuchtete ihr kurviger Körper in alle Richtungen. Und wenn ich dieses dumme Spiel spielen musste, dann könnte ich die Zeit nutzen, mich ihr zu nähern, ihren Widerstand brechen und ihr diesen engen Rock und die schlichte Bluse herunterreißen. Ich stellte mir vor, wie sie darum bettelte, dass ich sie fickte und erst dann würde ich es tun.

Ich veränderte meine Haltung, in dem Versuch meine Erektion zu verstecken.

Sie stimmte dem Job zu und ging zur Tür. „Wir können gleich anfangen."

„Jetzt?" Ich hatte nicht erwartet, dass sie so eine Spielverderberin wäre. Ja, sie musste sich mal ein wenig beruhigen und ein paar Orgasmen würden dabei helfen. Es würde Spaß machen, sie völlig zufrieden und schwitzend von meinen Fingern und meinem Mund zu sehen. Und meinem Schwanz.

„Heute Abend", sagte sie und unterbrach meine lüsternen Gedanken. „Wenn du etwas geplant hattest, dann sage es ab. Du gehst heute Abend mit mir essen. Wir haben uns getroffen und hatten sofort eine enge Verbindung. Man wird uns ein paar Mal sehen und dann am Samstag werde ich beim Spiel sein und danach werden wir ausgehen." Sie zögerte. „Nächste Woche wirst du mir einen Ring kaufen und dann geben wir das bekannt."

„So schnell? Bis dahin habe ich dich vielleicht im Bett. Das wäre glaubhaft, aber ein Ring? So schnell?"

Ich sah, wie sie rot wurde, und fragte mich, wie weit unter ihrer Bluse sich meine Worte auswirkten. „Wir können nicht sehen, wie gut es funktioniert, ehe wir keine offizielle Bekanntgabe gemacht haben und die Anzugträger zu überzeugen, braucht Zeit. Und du wirst mich nicht in deinem Bett haben."

Ralph nickte. „Es muss schnell gehen."

Sie warf Ralph einen wütenden Blick zu. Wenn Blicke töten könnten, dann wäre der alte Ralphie jetzt tot.

„Der Ring." Ralph geriet ins Stottern. „Nicht das Bett."

Sie übergab mir eine Karte. „Das ist meine Handynummer und die Adresse. Ich erwarte, dass du mich um sieben abholst."

„Wo bringe ich dich hin?" Ich dachte, egal sie ist der Profi, lass sie die Sache in der Öffentlichkeit übernehmen, aber im Privaten wird sie auf meine Kommandos hören. Egal wie wie tödlich die Blicke sind, ich werde sie haben. Die Spannung zwischen uns war spürbar … und in diesem Bereich, war ich der Profi.

„Zum Stanley Cup", sagte sie. „Du machst die Reservierung."

Ich lachte. Ihre Wahl machte Sinn – das Restaurant gehörte Johnny Lance, einem ehemaligen Blizzard. Wie der Name des Restaurants sagte, war es ein Treffpunkt für Hockeyspieler, Teambesitzer und Fans.

Ralph nickte zustimmend. „Dann wird es sich schnell rumsprechen."

Sie nickte. "Bei dem richtigen Publikum."

Ich stand auf und schaute Ralph an. „Ich werde meinen Teil leisten, Ralphie seinen und du deinen." Er nickte. „Ich muss noch arbeiten, vor unserem Date heute Abend."

„Sieben Uhr dann", sagte sie und hielt die Tür zu ihrem Büro für mich auf. „Zieh dich nett an."

Ich musste auch arbeiten. Ich ging nach Hause und rief Johnnys Restaurant an und reservierte einen Tisch für zwei, dann schaute ich mir Videos der letzten beiden Spiele der Winnipeg-Mannschaft an. Samstag waren wir das Gastgeberteam für das erste Spiel der Play-offs. Ich beobachtete die Bewegungen meines Gegners und sah nach Hinweisen in der Körpersprache, die mir sagten, was ich erwarten konnte.

Aber ich ließ mich leicht ablenken, durch eine bestimmte kurvige, langbeinige, blonde Ablenkung.

Ich machte das Video aus – da ich eh nicht ganz aufpassen konnte – und machte einen Anruf. „Ich kann heute Abend nicht kommen", sagte ich der süßen Rothaarigen, die antwortete. „Geschäftliche Probleme."

„Wann sehe ich dich?"

Ich seufzte und dachte an die nächsten drei Monate,

die mir bevorstanden. „Ich habe keine Ahnung, aber es wird wohl eine Weile dauern."

„Arschloch!", sagte sie und legte auf.

Sie war nichts weiter, als ein schönes Gesicht, ein sexy Körper und ein Mädchen, das mir ihre Nummer zugesteckt hatte. Davon gab es viele, aber ich fühlte dennoch ein Stechen. Sie war eine sichere Sache gewesen. Aber das war nicht Teil des Plans und ich konnte es mir nicht leisten, diese sehr teure Aktion zu riskieren. Die einzige Frau, die ich jetzt haben konnte, war Chloe und mit ihrem kalten professionellen Äußeren schien sie eine bessere Abwehr zu haben, als die Winnipeg-Abwehrreihe. Ich seufzte, stand auf, streckte mich und lächelte.

Ich genoss diese Herausforderung.

KAPITEL 3

hloe

Als ich den Gedanken ausgesprochen hatte, hatte ich erwartet, dass Blake sich wehren und irgendeine unsinnige Forderung stellen würde. Das war seine Natur, ein böser Junge zu sein, der die Dinge so schwer wie möglich machen musste. Er musste schauspielern und ein Arsch sein. Er wollte die Kontrolle behalten.

Leider hatte er falsch kalkuliert. Er war unglücklicherweise mit etwas aufgekommen, das die beste Lösung war. Indem man die Geschichte so darlegte, dass er sich in seine PR-Managerin verliebt hatte, konnten wir sofort mit der Verbesserung seines Images anfangen und ich hatte die totale Kontrolle. Er dachte vielleicht, er wäre schlau, aber ich war schlauer.

Es würde dennoch nicht einfach sein. Ich musste viel Zeit in seiner heißen Begleitung verbringen, ohne dabei dahinzuschmelzen, ohne jeden Slip, den ich besaß, zu ruinieren. Ich hatte keine Ahnung, warum ich so viel sexuelle Intensität für eine Person fühlte, ein völlig nerviger Mann noch dazu.

Nach dem ersten Treffen war ich im Büro geblieben und hatte meinen Bericht geschrieben. Frank, mein rastloser, angetriebener und anstrengender Chef hatte das sehr lustig gefunden. Er überlebte mit schwarzem Kaffee und Energydrinks. Ich respektierte ihn und wir hatten ein gutes Arbeitsverhältnis. Meistens zumindest. Ich spürte, wenn ich manchmal die Wahrheit ein wenig strecken musste, damit er zufrieden war, aber bis jetzt hatte das immer gut funktioniert. Und mein Arrangement mit Blake, Frank liebte es.

„Den Kunden zu heiraten, war jetzt nicht unbedingt, wie dein Plan funktionieren sollte", sagte er. „Es wird aber das Berechnen einfacher machen."

„Niemand erwartet, dass wir heiraten, abgesehen von der Öffentlichkeit", entgegnete ich. „Es ist uns egal, was passiert, wenn die drei Monate rum sind."

„Du fühlst dich wohl dabei, die Verlobte zu spielen?"

„Klar", antwortete ich. Ich log meinen Chef oft an. Es war wirkungsvoll, einfach und ich hatte kein Interesse das wieder und wieder durchzukauen, besonders mit Blake als meinem Verlobten. Er war nicht nur irgendein Typ, der Probleme mit seinem Chef hatte. Er hatte eine lange Spur an Frauenhöschen hinter sich und er sah verdammt noch mal ziemlich gut aus.

Frank schluckte die Lüge oder zumindest hatte er den guten Willen so zu tun, als ob er das täte. Und warum auch nicht? Egal wie ich es anstellte, ich würde hundert Prozent meiner Zeit in diese Sache stecken, bis der Job erfüllt war. So funktionierte es. Es war der einzige Weg, wie ich die Dinge tun konnte – konzentriert, entweder voll dabei oder voll daneben. Typ A durchweg und ich würde die Art nicht verändern, wie ich arbeitete. Frank wusste das, also blieb er ruhig.

„Wir gehen heute Abend essen", sagte ich und teilte den ersten Teil meines Plans. „Wir müssen ein paar Mal miteinander gesehen werden, dann machen wir die Verlobung nächste Woche bekannt."

„Vor dem nächsten Spiel."

„Es sollte in den Nachrichten kommen, wenn die potenziellen Werbeagenturen sich ihre Möglichkeiten anschauen."

Er nickte. „Gut. Das liegt in deiner Hand. Vermassel es nicht."

Ich hatte nicht die Absicht, aber mir gefiel auch sein Ton mir gegenüber nicht. Ich hatte schon lange erkannt, dass das der Name des Spiels war. Niemand hat gesagt, dass es einfach sein würde, als eine Frau in dieser Branche erfolgreich zu sein.

Ich versuchte den Freundinnen Look mit Stil auszugleichen, während ich mich fertig machte und als Blake ankam, zeigten mir seine Augen, dass er mit meiner Wahl zufrieden war.

„Du hast dich auch nett zurechtgemacht", neckte ich und er lachte. Immerhin hatte er Humor.

Das Restaurant war nett, und wie ich gehofft hatte, wurden wir von vielen richtigen Menschen gesehen. Ich sah einen Kolumnisten, obwohl ich mir nicht sicher war, ob er wusste, wer Blake war oder ob er dachte, dass es eine Nachricht wert sei, aber er würde sich daran erinnern, uns gesehen zu haben. Ein Sportjournalist von Chronicle war in der Bar gewesen, als wir hineinkamen und er hatte zwei Mal hingesehen und dem Mann der neben ihm saß mit Ellbogen angestoßen und auf uns gezeigt. Wahrscheinlich hatte er gefragt, wer ich bin. Wir sahen bereits Reaktionen auf den Plan und das war perfekt.

Wir konnten alles gebrauchen, was wir kriegen konnten.

lake

Als ich Chloe abholte, sah sie atemberaubend aus in einem aufreizenden schwarzen Kleid, das es unmöglich machte, ihre knackigen Kurven zu ignorieren. Mein Schwanz pulsierte bereits hinter meiner Hose. Er stimmte dem auf jeden Fall zu. Ihr blondes Haar hing lose an ihren Schultern herunter, umrahmte ihr Gesicht und ich zuckte und widerstand dem Drang meine Finger hindurchgleiten zu lassen. Ich hatte keine Ahnung, wie sie es so wellig und perfekt aussehen lassen ließ. Ich malte mir aus, wie ich sie von hinten fickte, während ich eine Handvoll davon nahm. Diese Gedanken brachten mich nicht weiter, obwohl meinem Schwanz das nichts auszumachen schien.

„Zeit zum Arbeiten", sagte sie und lenkte mich von meinen Gedanken sie zu ficken ab.

Sie ging neben mir zum Auto und ich bemerkte, dass

sie größer war als die meisten Frauen, aber sie reichte mir trotzdem nur bis zu meiner Nase, sogar mit Absätzen. Eine Frau mit langen, schlanken Beinen ließ meinen Schwanz immer hart werden und sie war da keine Ausnahme.

Mein Herz begann zu rasen und ich fühlte, wie sich eine Hitzewelle über meinen Körper ausbreitete, die ich normalerweise nicht spürte, wenn ich mit einer Frau zusammen war. Was ich bis jetzt von Chloe gesehen hatte, war ein Hitzkopf und ich liebte die Herausforderung.

Begehren kam in mir auf, als sie sich wie Karamel bewegte, um in mein Auto zu steigen. Ich erwischte einen kurzen Blick auf ihre cremigen Schenkel, als sie sich auf den Sitz setzte und ich fragte mich, wie weich sie sich an meinen Lippen anfühlen würden. Ich schluckte und unterdrückte ein Gefühl der Begierde, das mich überkam. Ich wollte sie in meinem Bett, wollte ihren Geschmack auf meiner Zunge spüren.

Als wir im Restaurant saßen, kam Johnny der Besitzer zu unserem Tisch. Ich stellte Chloe vor und er lächelte sie freundlich an. „Das ist meine Freundin", sagte ich ihm. „Lass deine Finger von ihr."

Sein überraschter Ausdruck sagte alles. „Freundin? So wie ein Mädchen, mit dem du was Ernsteres hast, als nur für eine Nacht?"

Und das vor Chloe. Sie wusste, dass ich eine männliche Hure war, aber musste Johnny das so herausstellen?

Er lächelte mich an. „Pass auf ihn auf, Süße. Du hast da eine echte Herausforderung an der Hand."

Das Arschloch. Es war eine Sache, jede Nacht ein neues Mädchen im Arm zu haben, es war eine andere, dass Johnny mich wie ein Arschloch dastehen ließ. Ich machte keine Versprechungen den Frauen gegenüber, die ich fickte und ich war sorgfältig dabei mich aus der Situation zu befreien, ehe ich zur nächsten überging. Sie kannten den Punktestand.

Ich hielt eine Hand hoch. Ich fühlte den Drang mich Chloe zu erklären, als wenn ich sie beeindrucken wollte, auch wenn alles nur Schein war. „Das ist anders, Johnny."

Johnny sah einen Moment überrascht aus, dann nickte er, als ob er das alles schon einmal gehört hätte. Als wenn er mir nicht glauben würde. „Wie ich gesagt habe, Chloe, viel Glück mit dem Mann." Er winkte und dann ging er endlich weg.

„Er hat eine aggressive Verkaufsstrategie", sagte ich ihr. Unter den weichen Lichtern des Restaurants sah sie noch schöner aus. Volle Lippen, hohe Wangenknochen, blassblaue Augen. Aber sie hatte etwas, was die meisten Frauen, mit denen ich zusammen gewesen war, nicht hatten. Gehirn. Sie war attraktiv und *klug*.

„Du hast nicht die Art von Erfolg, die Vertrauen schafft. Keine Sorge, ich kenne deine Zahlen."

Das erste Mal schämte ich mich wegen meiner Frauengeschichten. Ich wollte, dass Chloe mich mochte. Aus irgendeinem Grund wollte ich, dass sie mich respektierte.

„Deswegen wirst du es auch völlig ernst spielen müssen, bis Menschen tatsächlich glauben, dass du an dich selbst glaubst. Ich glaube nicht, dass dir das leicht fallen wird."

Sie hatte recht. Solange ich Chloe Hansen nicht ordentlich umwarb, würde dieser Plan nichts Gutes ankündigen. Aber wenn ich wollte, dass Tommy meinen Vertrag erneuerte, musste ich das Spiel mitspielen. Hockey war das Wichtigste auf der ganzen Welt für mich. Die Realität war, dass ich eine Pussy jagen oder Hockey spielen konnte, aber nicht beides. Es war eine schwere Entscheidung. Sie vertrat die großen Firmen und mir gefiel der Gedanke nicht, dass sie vielleicht meine Schwäche für Frauen verstand. Nein, sie wusste es, besonders nach Johnnys kleinem Besuch.

Ich wischte ihre Sorgen weg. „Mach dir keine Sorgen um mich. Du kennst mich vielleicht nicht oder glaubst, was du über mich gelesen hast, aber ich werde meinen Teil spielen." Ich hatte das Gefühl, ich müsste meinen Vorteil behalten, mein starkes Inneres. Ich war nicht bereit eine Frau zu haben, die, egal wer sie war, meine Mauern herunterriss.

Sie schaute mich eine Minute lang an. „Okay, ich werde dir glauben. Außerdem habe ich drei Monate Zeit, um es selbst herauszufinden. Aber das ist kein Spaß. Sobald man weiß, dass du dich mit mir triffst, besonders nach unserer Verlobung, wird die Presse uns beide wie Aasgeier beobachten. Ich bin unbekannt und es wird für mich nicht so schlimm werden, aber sie werden erwarten, dass du rückfällig wirst. Du wirst überall Reporter sehen, die darauf warten, dich mit einer anderen Frau zu erwischen. Egal für wie schlau du dich hältst, du kannst nicht rummachen und dann damit davonkommen."

„Egal was du vielleicht denkst, ich habe noch nie eine Frau betrogen", ich unterstrich die Worte klar und deutlich. „Und die Chance nicht mehr Hockey spielen zu können, ist das Risiko mit einer Frau zu ficken nicht wert", sagte ich.

„Und vorher war es das?", fragte sie.

Guter Punkt.

Ich zuckte mit den Schultern. "Ich bin ein neuer Mensch, schon vergessen?"

„Gut, aber du bist besser auf einige der Reporter vorbereitet, die versuchen dich aus der Reserve zu locken." Sie nahm einen Schluck von ihrem Wein.

Ich zuckte zusammen. „Aus der Reserve locken? Wie?"

„Auf viele Arten." Sie ließ ihren Finger über die Ränder ihres Glases gleiten und ich beobachtete die Bewegung. Mein Schwanz zuckte, er wollte dieselbe Bewegung am Kopf. Gut, dass ich saß, ich hätte meine Erektion nicht verstecken können.

„Sie zahlen vielleicht eine Frau dafür, dass sie es versucht, damit du mich betrügst, und wenn du das tust … naja, wenn das passiert, dann geht deine Karriere den Bach hinunter."

Mist. Sie hatte recht. Das war vielleicht das erste, bei dem wir uns wirklich einig waren.

„Spieltage sind die Schlimmsten", sagte ich zu ihr.

Sie zog eine Augenbraue hoch. „Warum?"

„Dann sind die Frauen überall – bei den Spielern. Sie schwärmen aus, sobald wir den Sicherheitsbereich verlassen und in den Parkbereich gehen. Sie wollen Autogramme, aber viele wollen auch eine heiße Nacht und die Presse weiß das."

Die Spiele wühlten mich immer auf und je härter das Spiel … naja Winnipeg spielte so hart wie wir und das war gut für mich und die Fans. Aber danach wollte ich flachgelegt werden, weil das Adrenalin noch nicht weg war. Ich war daran gewöhnt viele Frauen um mich zu haben, die sich gerne zur Verfügung stellten und am Spielertag gab es viel leichte Beute. Ich hatte immer Kondome in meinem Spind, sodass ich sie in meine Tasche stecken konnte, wenn ich ging. Ich wusste immer, dass sie draußen auf das Team warteten. Einige würden mir ihre Handynummer in die Hand drücken oder in meine Tasche stecken. Viele rieben ihre Körper an meinem und machten wunderbare, versaute Vorschläge. Eine von ihnen vom Auto aus anzurufen und ihr zu sagen, wo sie mich treffen sollte, war nie ein Problem.

Einige machten jedoch Probleme.

Vor ein paar Wochen hatte es eine kurvige Brünette mit schulterlangem Haar und üppigen, sinnlichen Lippen gegeben, die bis zum Auto neben mir lief und in mein Ohr flüsterte, dass sie alles tun würde, was ich wollte, direkt hier in der Parkgarage. Ich war vielleicht ein wenig wild, aber ich fickte nicht in der Öffentlichkeit, also waren wir zu einer Party gegangen. Eine wilde Party, die die Polizei gesprengt hatte.

Wie es sich herausstellte, hatte der Groupie Drogen dabei. Sie hatte zur Party gehen wollen, damit sie dort dealen konnte. Ich bekam keine Strafe, aber die Presse bekam mit, dass ich eine brünette Drogendealerin mitgebracht hatte und wenn man die Boulevardblätter las, dann hätte man denken können, dass ich der Dealerei für schuldig befunden wurde.

Jetzt lernte ich, dass Menschen, welche die Schecks unterschrieben, besorgter über mein Image waren, als ich selbst. Deswegen hatten sie Chloe ins Spiel gebracht, damit sie meine Aufpasserin spielte.

Für heute Abend, für die nächsten Wochen hieß das, mit ihr auszugehen.

„Ich werde bei jedem Spiel sein", sagte sie. „Ich werde der Security sagen, dass sie mich reinlassen, um dich zu treffen, wenn du aus der Umkleide kommst. Ich werde bei dir sein, wenn du zum Auto gehst. Aber du wirst nicht fahren. Ich werde den Transport von jetzt an arrangieren."

Ich seufzte. Das würde funktionieren ... Leider. Ich musste so tun, als würde ich mit meiner Verlobten punkten, aber in Wahrheit gab es die Chance, dass ich drei Monate lang blaue Bälle hätte.

Dennoch konnte ich schadlos meine Augen über Chloes Körper wandern lassen und das tat ich jetzt. Ich versuchte, davon loszukommen. Ich wollte nicht so aussehen, als ob ich träumte oder sie mir nackt vorstellte. Das tat ich, aber Chloe musste das nicht wissen. Ich konnte sie noch nicht ganz verstehen. Ich kannte ihre heißen Knöpfe noch nicht, aber die Realität dessen, dem ich zugestimmt hatte, begann mir klar zu werden. Ich konnte mir nicht vorstellen, nicht für die Blizzards zu spielen und dass mein Vertrag nicht verlängert wurde. Tom wusste, ich würde alles tun, damit das passierte. Aber ich hasste es, dass Chloe die Fäden in der Hand hielt und mich damit in der Hand hatte.

Alle Augen würden auf mir liegen und ich hatte keinerlei Spielraum, um das hier zu vermasseln. Das war meine einzige Chance, es nicht zu vergeigen. Ich hatte mich in dieses Chaos gebracht und ich musste das machen, was Chloe sagte, um wieder herauszukommen. Der Gedanke ließ mich schwitzen, ich hatte so viel damit zu tun, ob das funktionierte. Ich hoffte einfach, dass Chloe wusste, was sie tat. Sie behauptete, die Beste in ihrer Branche zu sein und ich war bereit, sie in Aktion zu sehen.

Während ich während des ganzen Abendessens angespannt war, war sie tiefenentspannt. Ich musste einfach warten und verlegte meinen Frust und meine Aggressionen auf andere Menschen. Auf das Eis. Das war einer der einzigen Jobs, wo diese Art von Verhalten akzeptabel war. Das brachte mir die großen Scheine.

Wir wurden während des Essens ein paar Mal unterbrochen, zuerst von Randall, einem Mitspieler, der Chloe kennenlernen wollte. Randall spielte als rechter Flügelspieler. Er war gut, aber ich konnte nicht sagen, dass ich ihn mochte. Noch mehr, ich mochte auch die Art nicht, wie er Chloe ansah, als ob er dachte, dass sie völlig fickbar war und ihre Zeit mit mir verschwendete.

„Du spielst nicht in ihrer Liga, Blake", flüsterte Randall, als er ging. „Du solltest den Stab weitergeben."

„Verpiss dich", antwortete ich. Mein Blut pulsierte und ich biss mir auf die Zunge und blieb cool, obwohl es mich alles kostete, das zu tun.

Chloe hatte ihn gehört. Das wissende Lächeln war wieder auf ihrem schönen Gesicht erschienen. Ich sah, wie ihre blauen Augen glühten und ich schaute sie wieder an, ließ meine Augen die Kurven der nackten Spitzen ihrer Brüste genießen, die ihr tief ausgeschnittenes Kleid reizend zeigte. Glücklicherweise wusste ich, dass Randall nicht bei Chloe landen konnte, da sie damit beschäftigt war, für die nächsten drei Monate meine Verlobte zu sein. Mein Schwanz pulsierte bei dem Wissen, dass niemand sie haben würde.

Danach kam Bert Walker, der eine Kolumne für Chronicle schrieb. Er war ein Sportjournalist, aber meistens schrieb er nur Klatsch. Das war seine Entschuldigung, damit er an unseren Tisch kommen konnte, aber es würde eine Spalte über mein Date in der nächsten Ausgabe geben, da war ich sicher. „Also ich nehme an, dass Tom nicht gerade erfreut über deine kürzlichen Eskapaden ist", sagte er. Und stellte sich nicht einmal selbst vor. Ich musste das für ihn machen. Der Mann war noch nie gut in Feinsinn gewesen.

„Er ist überglücklich darüber. Das ist Aufmerksamkeit, Bert."

„Nichts was er in seinem Business verkaufen kann, Blake. Ist es eine neue Ära, Ära des korporativen, neu geformten Superstars, Ms Hansen?"

Sie lächelte. „Herr Walker, viele Frauen werden immer ein Faible für böse Jungs haben, selbst wenn es

Fantasie ist. Werber wissen das. Es verkauft vielleicht keine Allrad-Pick-ups, aber wenn sie zu den Fußballfrauen kommen, dann können sie es nicht ignorieren."

Er lachte. „Begriffen, Ms Hansen, begriffen." Und dann, nachdem er wusste, was er wissen wollte oder einfach ein Zitat bekommen hatte, das er nutzen konnte, ging er.

„Morgen wird es überall stehen, dass die heiße PR-Lady böse Jungs mag", sagte ich.

Sie legte den Kopf schief und warf mir ein amüsiertes Lächeln zu. „Das passt zu unserer netten Story oder? Das Abendessen läuft gut."

Ich beobachtete das Heben und Senken dieser wunderbaren Brüste. Ich wollte sie umfassen, ihr Gewicht testen und zusehen, wie ihre Nippel unter meinen Daumen hart wurden. Ich wollte daran saugen, bis sie kirschrot waren und sie bald kommen würde.

Ich räusperte mich. „Also was machen wir nach dem Abendessen?"

„Außer Nachtisch?"

Deutete sie etwas an? War das ein Hinweis? Das Mädchen würde mit mir schlafen, das war sicher. Ich zog eine Augenbraue hoch.

Chloe sah aus wie ein dekadenter, teurer und leckerer Nachtisch und ich stellte mir vor, wie ich das verführerische Kleid herunterzog, ihre Brüste freilegte, das Kleid auf den Boden fallen ließ und sie nur noch in ihrer Unterhose und den High Heels dastand. Wenn ich sie ins Bett kriegen konnte, würde sie darum betteln, gefickt zu werden, vielleicht konnte ich meinen Verstand behalten. Es würde funktionieren, wenn die Welt dachte, dass ich unter ihrem Pantoffel stand, während ich in Wirklichkeit die Dinge hinter geschlossenen Türen anführte.

Sie tippte sich an den Kopf. „Nach dem Abendessen bringst du mich nach Hause."

Ich sah ihren Mund an. Ihre Lippen waren zu einer coolen Pose verzogen, ein halbes Lächeln ein halbes Grinsen. Ihr Gesicht war viel entspannter als im Büro, noch sinnlicher.

„Ich sollte mit reingehen", stimmte ich zu. „Wenn wir ein Paar sind, dann würde ich dich nicht einfach absetzen."

„Würdest du nicht?", neckte sie mich.

„Wir sind verliebt ... ich gehe verdammt noch mal mit rein." Ich legte meinen Arm auf den Tisch und lehnte mich herüber. „Wie du gesagt hast, du weißt nie, ob die Presse zuschaut."

„Sie werden nicht viel sehen durch die geschlossenen Vorhänge." Ah, sie mochte keinen öffentlichen Sex. Das war okay für mich. Wenn ich sie erst einmal nackt hatte, dann wollte ich auch nicht, dass sie jemand anderes sah. Ihr Körper, ihre Lustschreie, würden mir gehören.

„Sie werden sehen, wie ich reingehe." Ich zuckte mit den Schultern. „Wenn ich eine Verlobung mit einer Frau bekannt gebe, mit der ich ihrer Meinung nach nicht geschlafen habe... naja, dann können wir gleich versuchen, sie zu überzeugen, dass ich über Nacht religiös geworden bin."

Egal was sie tat, sie konnte meine Vergangenheit nicht auslöschen.

„Das stimmt", sagte sie.

Es schien sie nicht zu stören, dass ich sie anschaute oder dass ich in ihrer Wohnung sein würde und ich fragte mich, ob es das war, woran sie gedacht hatte. Sie war klug, aber das war ein Job für sie. Ich war der Job. Kein One-night-Stand. Oder eine dreimonatige Affäre.

„Randall und den Journalisten zu treffen, war ein

toller Anfang. Wir haben uns als Paar etabliert und wir müssen das jetzt weitermachen."

Ich wollte ihr sagen, welcher Gedanke mir gerade gekommen war: *In der Nähe dieser Frau würde mein Schwanz immer steif sein.*

„Wenn wir also bei mir sind, dann wirst du mit reinkommen. Du solltest eine Weile bleiben, wahrscheinlich ist es besser, wenn du erst am frühen Morgen gehst."

Sie war nicht die Art Frau, mit der man am ersten Tag ins Bett ging. Das war offensichtlich. Aber wir hatten drei Monate. Ich nippte an meinem Wein und fragte mich, ob sie irgendeine Art wilde Seite an sich hatte, die sie versteckte, vielleicht konnte ich sie an die Oberfläche bringen, sobald wir uns ein wenig besser kannten. Sie konnte keine Eiskönigin sein, nicht mit diesem Körper, nicht mit diesem selbstbewussten Lächeln. Alles, was ich tun musste, war den Schlüssel zu finden, der zu ihr führte und zwischen ihre üppigen Schenkel. Das würde mir zumindest etwas zu tun geben, eine Art wünschenswertes Ziel zum Jagen, bis diese verdammten Verträge unterschrieben waren.

KAPITEL 5

hloe

Sobald wir wieder in meiner Wohnung waren, machte Blake es sich auf der Couch bequem, während ich uns einen Drink holte. Ich versuchte nicht zu zeigen, wie sehr meine Hände zitterten, als ich ihm sein Bier gab. Ich fühlte mich überraschend aufgeregt, unsicher darüber, wie diese Nacht sich jetzt entfalten würde. Das war Arbeit. Nichts weiter.

„Rühr dich nicht vom Fleck", sagte ich, während ich die Vorhänge zuzog, wobei ich sicherstellte, dass sie einen Spalt offenblieben.

Er verengte seine Augen, es gefiel ihm immer noch nicht, Befehle entgegenzunehmen. Ich hatte ihm ein Bier gebracht. „Wo gehst du hin?"

„Das Skript sagt, das ich mir etwas Bequemeres anziehe."

„Das Skript?"

„Du hattest recht mit der Presse. Wir haben bereits ein Publikum. Ich nehme an, dass uns die Reporter vom Restaurant gefolgt sind. Sie riechen einen Knüller."

„Wie konnten sie irgendetwas wissen?", knurrte er.

„Mein Tipp ist, dass Bert Walker, nachdem er seine Story gemeldet hatte, sich entschieden hat noch etwas dazu zu verdienen, indem er den Boulevardzeitungen einen Tipp gegeben hat, über die neue Freundin des Star-Hockeyspielers."

„Mistkerl."

Seine Wut überraschte mich. Er schien kein Problem mit der Boulevardpresse gehabt zu haben, als er mit der drogendealenden Brünette auf einer Party gewesen war.

„Naja, das gibt ihm mehr Macht. Das war genau das, was wir wollten. Ich hatte gedacht, dass wir mehr Zeit zur Vorbereitung hätten, aber das ist okay." Ich traute mich, aus den teilweise geöffneten Vorhängen zu schauen. Ich konnte nichts sehen, außer die Schwärze der Nacht, aber ich wusste, dass sie da waren und das ließ mein Herz schneller schlagen. Ich war daran gewöhnt die Skripts zu schreiben, nicht eine der Ausführenden zu sein, besonders, wenn der es um einen Mann wie Blake ging.

Er hob sein Glas. „Naja, jetzt mal zum Gemütlichen."

Während er sich zurücklehnte, ging ich ins Schlafzimmer und stieg aus meinen Heels und dem engen Kleid und in einen Bademantel. Er zeigte nichts, aber er war sexy und ich hatte einen Slip an, nur für alle Fälle, obwohl ich nicht sicher war, worüber ich mir Sorgen machte. Ja, das war Arbeit, aber ich war eine Frau. Wollte ich Blake beeindrucken und nicht nur die Medien?

Als ich wieder ins Wohnzimmer kam, erwischte ich

ein Flackern von Interesse in Blakes Gesicht. Dieses irrationale, unerträgliche warme Gefühl zwischen meinen Beinen heizte mich wieder auf. Das war nervig. Ich hatte auch schon vorher böse Jungs gehandhabt, aber die meisten davon waren nicht annähernd so sexy gewesen, wie sie gedacht hatten und ich hatte sie völlig unbedeutend gefunden. Blake Collins war genauso mit sich selbst beschäftigt, aber etwas an der Chemie zwischen uns war gefährlich und anders. Ich wurde von einer unbändigen Macht von ihm angezogen. Das Spiel hieß, dass ich sexy aussehen musste, wenn ich mit ihm zusammen war, ihm zuhören musste, nahe sein musste und allgemein versuchen musste, verliebt auszusehen … das alles zusätzlich zu dem echten Feuer, das ich spürte und der Angst, dass meine Handlungen sich mit der Zeit in echte Gefühle verwandeln würden. Ich wusste bereits, dass ich Lust auf ihn hatte, egal ob ich es wollte oder nicht.

Ich ging zurück ins Wohnzimmer und spürte seinen Blick auf mir. Ich fühlte mich nackt und ausgeliefert. Verletzlich. Ich nahm einen tiefen Atemzug und lächelte und fühlte mich zum ersten Mal seit unserem Zusammentreffen unbehaglich.

Wir spielten Rollen, aber ich? Ich hatte zwei. Ich war sicher, dass jede Schauspielerin, die ihr Geld wert war, unsichere Momente hatte, während sie eine Rolle spielte oder zumindest war es das, was ich mir selber sagte. Ich musste der Welt klarmachen, dass ich in Blake verliebt war und die Lust meine Handlungen diktieren ließ. Ich musste sie dazu bringen, dass sie dachten, dass er mich flachlegte und ich mich in ihn verliebt hatte.

Er musste seinen Teil dabei spielen, was wahrscheinlich nicht zu schwer war, da die Frauen sich ihm die ganze Zeit an den Hals warfen. Ich musste Blake auch glauben lassen, dass ich nur schauspielerte, wenn ich ihn sehnsuchtsvoll und mit Bedürfnis anschaute und dass ich nur eine berufliche Einstellung zu ihm hatte. Meine Gedanken spielten Tischtennis mit sich selbst über diese Rollen und ich war bereits erschöpft – und es war erst die erste Nacht.

Ich wollte den eingebildeten Trottel, aber ich konnte es mir nicht leisten, ihn das wissen zu lassen. Ich sehnte mich nach seiner Berührung. Ich hatte seit langer Zeit nicht mehr dieses Bedürfnis nach einem Mann gespürt. Ich hatte auch mit keinem mehr geschlafen, seit über zwei Jahren und das letzte Mal war ein Desaster gewesen.

Ich konzentrierte meine Aufmerksamkeit wieder auf die Rolle. Schatten in der Nähe des Fensters sagten mir, dass die Reporter den Spalt in den Vorhängen entdeckt hatten. Ihre Anwesenheit machte mich verrückt und ich fühlte mich belästigt, ich musste mich konzentrieren. Ich kniete mich auf die Couch neben Blake und ließ meine Finger durch sein weiches Haar gleiten und sah dann offensichtlicher aus dem Fenster und machte ein schockiertes Gesicht.

„Oh mein Gott! Hier gucken Menschen rein". Ich sprang auf und lief zum Fenster und schloss die Vorhänge ganz.

Blake lachte. „Und jetzt?"

Ich nahm mein Handy. „Ich werde neugierige Spanner melden", sagte ich und zog meinen Mantel so fest wie möglich um mich. „Nachdem die Polizei da war und wir unsere Aussagen gemacht haben, kannst du nach Hause gehen."

Er lehnte sich zurück und ich sah die Beule in seiner Hose. „Muss ich?"

Es war das Richtige. Ich wusste, dass es das war. Aber als ich die Polizei rief und sie versprechen hörte, dass sie ein Auto schicken würden, wollte ich ihn greifen und auf den Boden werfen, meine Hose von den Hüften reißen und wie verrückt ficken.

Nur der Gedanke daran ließ meine Knie schwach werden.

„Ja, musst du", sagte ich, aber es brannte in mir, ihn in mir zu spüren. Ich musste dem Plan folgen, selbst wenn ich die Batterien meines Vibrators dabei völlig aufbrauchte.

lake

„Du hast den einfachen Teil", sagte Chloe. „Augen zu und durch", war ihr Rat, begleitet von dem halben Lächeln, das mich wütend und gleichzeitig anmachte. Es gefiel ihr nicht, dass ich mich der Idee gebeugt hatte, eine Pressekonferenz auszurichten, um unsere Verlobung bekannt zu geben.

„Das ist zu viel". Ich wollte, dass es echt schien. Ich meine, wer zum Teufel schmiss eine Pressekonferenz, nachdem er sich verlobte? Es war nicht normal, egal ob Sportstar oder nicht, aber anscheinend schien meine Meinung Chloe egal zu sein.

Sie war hartnäckig. „Hör mal, wenn ich in Wirklichkeit mit dir verlobt wäre, würde ich auch auf eine Pressekonferenz bestehen. Als deine PR-Managerin, würde ich dir sagen, dass Liebesgeschichten pures Gold wert sind. Als deine Freundin würde ich all diesen Mädchen die hinter dir her sind sagen, dass du nicht länger auf dem Markt bist."

Letztendlich musste ich zugeben, dass sie recht hatte. Dennoch ging ich mit einem unangenehmen Brennen im Bauch ins Hotel, ich fühlte mich wie früher vor einem Spiel, wenn ich der erste der Profis war.

Okay, ich hatte Lampenfieber. So sehr ich es auch hasste das zuzugeben, das Blitzlicht war nicht so sehr mein Ding. Ich liebte die Aufmerksamkeit von sexy Frauen sicherlich, aber wenn es um die Presse ging, die ständig hinter mir her war, dann hasste ich es ehrlich. Ich war schon als Kind zum Hockey gekommen, weil ich das Spiel liebte. Dann war ich gut genug geworden, um eine Karriere daraus zu machen. Sicherlich waren Geld und Babes auf jeden Fall Lockmittel gewesen, aber es ging mir nie um den Ruhm.

Es war gar nicht mal, dass ich mit der Presse sprechen musste und live sein würde – ich hatte das schon hundert Mal gemacht. Es störte mich nicht, mit der Presse über mein Spiel oder einen spezifischen Spielzug zu sprechen, was gut gewesen war oder falsch und es war mir auch egal sie zu sehen, als ich aus dem Gefängnis kam. Das war Business und ich wusste, es war ihr Recht da zu sein. Das gefiel mir nicht unbedingt, aber ich ließ das nicht an mich rankommen. Die Presse war wie ein nerviger kleiner Bruder, den ich nie gehabt hatte.

Es war eigentlich immer lustig. Ich hatte noch nie etwas Illegales getan und ich dachte, niemand würde sich um Neuigkeiten kümmern. Ich hatte falsch gelegen und jetzt musste ich mich um mein Image kümmern. Mein *getrübtes* Image. Meine Karriere hing davon ab. Ich hatte so viele Menschen im Nacken, die bessere Entscheidungen trafen, dass ich innerlich schrie. Mein Äußeres musste dennoch stur bleiben, egal was passierte.

Ich hasste es auch, dass diese Pressekonferenz eine inszenierte Veranstaltung war. Obwohl Chloe recht hatte, ich täuschte manchmal wirklich auf dem Eis, schien das hier anders. Sich vor die Presse zu stellen und unsere falsche Verlobung bekannt zu geben, war ein weiterer Schritt in Richtung dahin, die Welt zu überzeugen, dass ein neuer Blake Collins, ein unechter den echten ersetzt hatte.

Ich fühlte mich, als ob Chloe meine Eier abgehackt hätte und ich war bereit sie der ganzen Welt zu zeigen, während sie sie wie goldene Stäbe oder so warf und wirbelte. Ich wollte keine andere Person sein und ich wollte wirklich nicht, dass meine Kumpels und Teammitglieder dachten, ich wäre eine Pussy geworden. Es passte einfach nicht zu meiner Persönlichkeit.

Aber meine Persönlichkeit schien mein größtes Problem zu sein und wir hatten begonnen, das Chaos, das ich verursacht hatte, zu verbessern und es gab keinen Weg mehr zurück. Nicht wenn ich weiterhin für ein Spitzenteam spielen wollte. Ich hatte Albträume davon, was passieren würde, wenn ich zu irgendeinem D-Listen-Team geschickt wurde, wo ich nie wieder zur Kenntnis genommen werden würde und mein Gehalt sich drastisch verringern würde. Ich schüttelte den Gedanken gleich ab.

In den Tagen vor der Pressekonferenz hatte ich Chloe jede Nacht zum Abendessen ausgeführt und danach waren wir in prominenten Klubs tanzen gegangen, hatten sie Menschen vorgestellt und waren am Ende bei ihr oder bei mir gelandet. Sie bestand immer darauf, dass wir morgens in unseren eigenen Wohnungen aufwachten. Ja, ich hatte das Feuer in ihren Augen gesehen, aber ich wusste nie, ob es echt war oder ob sie schauspielerte. Das war das Schlimmste. Ich wusste, wo ich bei jeder Frau auf dem Planeten stand, außer bei Chloe. Die einzige Frau, die ich anfassen durfte, wenn ich meine ganze Karriere nicht riskieren wollte.

Am Tag zuvor waren wir zu einem Juwelier gegangen und die verdammte Presse war uns gefolgt. Ich hatte wütend über meine Schulter geschaut, aber Chloe hatte meinen Kopf wieder zurückgedreht, damit ich mich auf sie konzentrierte. „Wir müssen den Teil spielen", flüsterte sie. Ich wollte an die Wand schlagen. Was war echt?

Sogar mit all meinem Frust und Zweifeln schien alles genau nach Chloes Plan zu laufen. Sie war gut in ihrem Job und sie schien alles zu erahnen. Das war okay, aber sie behielt ihre Distanz bei, außer, wenn wir das angebliche *Liebespaar* spielen mussten. Ich wurde verrückt dabei.

Die Frau hatte ein verdammtes Skript für die Pressekonferenz geschrieben. Das war gut. Zumindest musste ich mir nicht selbst irgendeine Geschichte ausdenken. Es war nicht schlecht, wenn man an Märchen glaubte. Ich konnte sehen, dass einige Menschen es glauben wollten und sie hielt es einfach: Als ich die Probleme bekommen hatte, hatte Ralph Chloe angestellt, um die PR für mich zu machen und wir hatten uns sofort ineinander verliebt. Jetzt gab ich mein altes Verhalten als männliche Hure für sie auf, um für immer und ewig mit ihr zusammen zu sein. Die Presse nutzte den Begriff männliche Hure nicht, aber es wurde angedeutet.

Der beste Sex war immer das erste Mal, besonders wenn du dafür arbeiten musstest. Dasselbe Mädchen immer und immer wieder für den Rest meines Lebens zu haben, hörte sich wie ein langweiliger Albtraum an, den ich in der Realität nicht leben wollte. Dennoch sehnte ich mich danach, Chloe zu küssen oder sie anzufassen. Wirklich. Aber Chloe wollte nur, dass die Welt dachte, dass wir uns unsere Gehirne rausvögelten.

Während wir ihr Skript schauspielerten, versuchte ich meine Version der Geschichte auszuführen – eine, die das Ergebnis nicht im Geringsten verändern sollte. Ich würde die Frau dazu bringen, dass sie mich wollte, so sehr, dass ich hören würde, wie sie darum bettelte, gefickt zu werden. Das Bild, der Gedanke daran, quälte mich. Betteln war der einzige Weg, bei dem ich wusste, dass die Wahrheit aus diesen vollen Lippen sprach. Ich musste wissen, dass es echt war, wenn ich meinen Schwanz in sie steckte.

Aber ich musste ihr Spiel mitspielen und so tun, als ob ich mich verändert hätte. Ich konnte sie nicht sehen lassen, dass der böse Junge noch am Leben und gut in Form war oder sie würde ihr Begehren nie zeigen.

„Du bist pünktlich", sagte sie, als ich in das Hotelzimmer kam.

„Du hörst dich überrascht an." Ich schaute sie an und mir gefiel, was ich sah. Sie hatte es im Griff, diese Sache mit der Verlobten. Sie trug eine konservative weiße seidene Bluse, ganz zugeknöpft und einen Bleistiftrock. Ein konservatives Outfit, aber an ihr sah es heiß aus. Ich war sicher, dass sie das wusste, aber ich versuchte mich normal zu verhalten, als ob ich nicht glauben würde, dass sie so verdammt sexy aussah, dass mein Puls raste.

Sie zuckte mit den Schultern. „Vielleicht bin ich das." Sie winkte mit ihrer Hand und ich sah den Diamanten im Verlobungsring blitzen, den sie mit meinem Geld gekauft hatte.

„Dieser Ring lässt die Geschichte viel echter aussehen."

Sie gab mir wieder das wissende Lächeln und das verursachte ein Feuer in mir. „Wir müssen das so verkaufen", sagte sie. Dann nickte sie in Richtung der Türen, die in ein großes Zimmer führten. „Bist du bereit?"

Ich näherte mich ihr und legte meinen Arm um sie. Ihre Taille war winzig. Ich wollte sie greifen und halten, während sie auf mir meinen Schwanz ritt. „Ich denke ich möchte einen Übungskuss haben, ehe wir da reingehen. Du willst doch nicht, dass wir merkwürdig vor der Kamera aussehen, als wenn wir uns noch nie vorher geküsst haben."

Ich dachte, sie wurde ein wenig rot, aber ihre Stimme war stabil. „Du hast recht."

Sie drehte sich zu mir um und ich beugte mich hinunter. Als unsere Lippen sich trafen, war ich sicher, dass ich ein leichtes Zittern in ihrem Körper fühlte. Ich fühlte eine Hitze in meinem Körper und ich zog sie näher zu mir heran, spürte ihren zarten, warmen Körper an meinem. Auf keinen Fall konnte sie meinen harten Schwanz nicht bemerken. Es war ein verdammtes Rohr in meiner Hose. Als wir den Kuss beendeten, blieben wir so und atmeten heftig. Ich sah etwas in ihren Augen lodern – Belustigung.

Sie trat zurück und schaute mich an, ihre Augen lagen auf meinem Schritt. „Perfekt. Jetzt siehst du aus wie der verliebte Freund", sagte sie.

„Tu nicht so, als ob ich der Einzige wäre, dem der Kuss gefallen hat", sagte ich. Ja, ich musste es wissen. Echt oder Spiel?

„Was?" Etwas tanzte in ihren Augen.

„Streite nicht ab, dass ich dich anmache."

„Du bist herausragend, Blake. Und rate mal." Ihre Augen blitzten, als sie sich an mir rieb. "Das ist alles Teil des Skripts. Wenn dich ein heißer Kuss anmacht, dann freue ich mich, dir das zu geben. Du sollst heiß werden, wenn dich das Mädchen, das du liebst küsst, und deine

Fans wären enttäuscht, wenn du keine große Beule in deiner Hose hättest, wenn du unsere Verlobung bekannt gibst."

Sie nahm meine Hand und führte mich zur Tür. Mist, die Frau zeriss mich mit nur einem Kuss. Ich wollte, dass er ihr genauso viel bedeutete wie mir. Mann, sie konnte doch nicht übersehen, wie sehr mich das getroffen hatte.

Ich spürte ein wenig Regung unter ihrer kühlen Kontrolle. Ihre Nachricht, die sie in klaren Signalen schickte, war, dass sie nicht an mir interessiert war- das war einfach nur ein Job. Ich hatte das klar und deutlich verstanden. Vielleicht mochte sie keine dummen Sportler. Vielleicht mochte sie keine Machomänner. Wer wusste das schon? Dennoch hatte ich das Zittern gespürt, als unsere Lippen sich berührt hatten und an diesem Kuss war nichts gespielt gewesen. Das war heiß. Und ich war sicher, dass sie genauso heiß war wie ich. Ich wünschte mir, dass ich meine Finger unter ihren Slip gleiten lassen könnte, um sicherzugehen, dass sie so nass war, wie ich dachte.

Aber sie war so verdammt stur dabei. Wenn ich das bekommen wollte, was ich haben wollte, dann müsste ich sie dazu bringen, dass sie sich ihrem Begehren nach mir stellte, zugab, dass sie von mir angezogen wurde. Dann musste ich sie dazu bringen, dass sie es laut sagte, dass sie meine Hose öffnete und ihre langen Finger um meinen harten Schwanz legte und bettelte, sie zu nehmen.

Aber das war nicht mein Spiel oder meine Welt. In diesem Hotel machte sie die Regeln, seit der Vereinbarung dieser falschen Verlobung und ich war nicht gefragt. Ich musste lernen, also machte ich mit, bis ich den Spieß umdrehen konnte, selbst wenn das hieß, dass ich mit einem Arm um sie gelegt in eine Pressekonferenz gehen musste, ihren Herzschlag spürte und steif gehen würde, wegen einem schmerzvoll geschwollenen Schwanz, der auch so schnell keine Erleichterung versprach.

Als wir hereinkamen, stand Ralph bereits auf dem Podium. Die Presse, wahrscheinlich zwanzig Menschen, saßen auf Klappstühlen. An der Seite und hinten im Zimmer gab es Fernsehcrews mit Kameras. Ich dachte, dass sie alle gelangweilt aussahen.

„Das sieht gut aus", flüsterte Chloe in mein Ohr.

Ich schnaubte. „Wenn du meinst."

Ralph lächelte. „Meine Damen und Herren, Herr Blake Collins, der Star Flügelspieler der Detroit Blizzard würde gerne eine Bekanntmachung von persönlicher Natur machen."

Ich zog meinen Arm fester um Chloes schlanke Taille und zog ihre Hüfte eng an meine. Der Kontakt ließ dasselbe Kribbeln in meinem Schwanz sofort zurückkommen, sogar vor all diesen Menschen. Ich schluckte schwer, um mich zusammenzureißen, sodass ich die Pressekonferenz überlebte, ohne sie auf den Boden zu reißen, den Bleistiftrock hochzuziehen mich zwischen ihre Beine zu legen und sie vor allen Leuten wie verrückt zu ficken.

Das war alles Teil ihrer Fähigkeiten, so natürlich verführerisch zu sein, so heiß und und das immer an und auszustellen, wie es ihr gefiel. Ich wusste das, aber es machte mich verrückt.

Als die Presse applaudierte, stieß sie mich an. „Du bist dran, Schatz." Ihre raue Stimme fuhr durch mich hindurch. Ich war nicht an den liebevollen Ton ihrer Stimme gewöhnt. Ich atmete tief durch und schaute das Publikum an. Die Pressemitteilungen die Chloe geschrieben hatte, wurden verteilt. Sie erzählten die Geschichte, wie wir uns verliebt hatten und sie enthielten

Chloes Lebenslauf und das Datum für unsere Hochzeit – in einem Jahr.

„Ich freue mich, dass Sie heute gekommen sind. Die Details finden Sie in der Pressemitteilung und ich werde es kurz machen. Ich würde gerne meine Verlobung mit der wunderschönen und wunderbaren Chloe Hansen bekannt geben." Sie lächelte und hielt ihre Hand mit dem Verlobungsring hoch. „Alles andere, was Sie wissen müssen, steht in der Pressemitteilung. Ich habe sie einfach nur darum gebeten persönlich hier zu sein, damit Sie die Wahrheit von mir und meiner schönen Verlobten hören können."

Dann wie im Skript vorgeschrieben, drehte ich mich zu ihr, schaute ihr tief in die Augen und küsste sie.

Wenn ich gedacht hatte, dass der Kuss Backstage schon heiß gewesen war, dann hatte ich falsch gedacht. Das hier war atemberaubend. Ihre Lippen teilten sich bei der Berührung von meinen und ich entdeckte instinktiv ihren Mund mit meiner Zunge. Ich würde damit davonkommen, weil sie nicht in der Lage war, mich aufzuhalten. Meine Hände glitten ihren Rücken hinunter, fuhren ihre Wirbelsäule nach und liebkosten ihren Hintern durch ihren Rock. Ich ließ mich von dem heißen Moment tragen und vergaß fast, dass wir vor der Presse saßen. Als ich sie nah an mich zog, fühlte ich den warmen, weichen Druck ihrer Brüste, die harten Punkte ihrer Nippel. Sie bewegte ihre Hüfte und dieser warme und wunderbare Körper rieb sich über meinen Schwanz.

Als der Kuss endete, kämpfte ich, um wieder zu Atem zu kommen.

„Jetzt flüchten wir", erinnerte sie mich, ihre Stimme war atemlos. „Beantworte keine Fragen mehr."

Sie drehte sich um, hielt meinen Arm und führte mich in Richtung der Tür, die zum Parkplatz führte, wo eine Limousine wartete. Eine Menge Menschen hatte sich dort versammelt, hauptsächlich Frauen. Frauen, die ich in der Vergangenheit gerne gefickt hätte.

Aber das war vorbei und obwohl, ich mir der üblichen Horde um uns herum bewusst war, sah ich sie nicht wirklich. Ich fand es nicht schwer meine Rolle zu spielen und meine Aufmerksamkeit auf den heißen Körper zu lenken, der sich gegen meinen presste. Die Frau, deren Kuss ich immer noch schmecken konnte.

Ich setzte mich in die Limo und glitt neben sie. Ihr Rock war leicht hochgerutscht und ich war sicher, dass die Menge es bemerkte, als ich meine Hand auf ihre Schenkel legte. Ich bewegte meine Hand und die Berührung fühlte sich elektrisch an. Ich musste dem Drang widerstehen meine Hand unter ihren Rock zu legen. Ich wollte meine Finger in ihren Slip gleiten lassen und in das, was sicherlich eine ziemlich nasse und warme Muschi war. Sie warf mir einen Kuss zu, als der Fahrer die Tür schloss, dann drehte sie ihr Gesicht weg.

Ich schaute sie weiter an und ließ meine Hand, wo sie war, wissend, dass sich etwas verändert hatte. Die Geschichte war dieselbe, aber dann war dieser Kuss gekommen. Ich dachte immer, ein Kuss wäre wie jeder andere. Aber der mit Chloe? Das war nichts, was ich vorher schon einmal erlebt hatte. Ich wollte mehr, selbst wenn ich nicht ganz sicher war, was genau.

„Ich denke, das ist ganz gut gelaufen", sagte sie. Sogar die Ruhe in ihrer Stimme machte mich an. „Die Neuigkeiten sollten bald in allen großen Zeitungen stehen, sobald wir bei dir angekommen sind."

Ihre Worte holten mich in die Realität zurück. Chloe war nur meine vorgetäuschte Verlobte und wir hatten gerade eine Show für die Presse gemacht. Sie war nicht wirklich die Frau meiner Träume. Zumindest tat sie nicht so, als ob der Kuss sie so aus der Bahn geworfen hatte wie mich. Ich war ein wenig enttäuscht, dass Chloe nicht dieselbe Art von Reaktion zeigte, die ich bei dem Kuss gefühlt hatte, aber es gab nichts, was ich jetzt dagegen tun konnte.

„Die Geier folgen uns."

Nein, vielleicht konnte ich das. Ich könnte der Presse eine Show liefern und herausfinden, ob Chloe echt war oder nicht. Ich wartete auf die Autos der Reporter, die neben uns fuhren, um Fotos zu machen. Sie drehte sich um und berührte meine Wange und ich küsste sie. Sie antwortete und ihr Mund öffnete sich. Wieder entdeckte ich ihn mit meiner Zunge und fühlte den großen Drang, sie direkt hier zu nehmen. Ich hörte ein Wimmern und ich wusste, dass *das* nicht für die blöden Reporter war. Nein, dieses Geräusch war nur für mich. Als wir den Kuss beendeten, pochte mein Herz und meine Eier wollten mehr.

„Perfekt", sagte sie.

„Ja", sagte ich froh, dass sie es sagte. Mein Atem rasselte und ich war ein totales Durcheinander wegen des blöden Kusses.

„Mit diesem heißen Kuss werden wir überall in den Medien sein", sagte sie.

Das war wie ein Schlag in die Magengrube. Die einzige Perfektion, die sie bemerkte, war die Ausführung ihres Plans. Wen zum Teufel hatte sie vorhin geküsst, was sie all das hier ignorieren ließ? Sie war nicht immun, aber sie hatte ihre ganze Leidenschaft für den Job aufgegeben. War sie ein fickender Roboter oder so etwas? Ich hatte noch nie eine Frau geküsst, die danach so kühl war. Ich fuhr mir mit der Hand über mein Gesicht, dann griff ich nach unten, um meinen Schwanz in eine bequemere Position zu rücken.

„Und jetzt müssen wir den Teil spielen. Die Leser werden wissen wollen, ob es echt ist oder eine Art Schwindel war. Die Presse wird sich auf uns stürzen, wir müssen bei dem Skript bleiben und unsere Rollen weiterspielen."

Rollen. Das hörte sich schlecht für mich an. „Die Geschichte wird schon bald verblasst sein – es ist keine große Sache", sagte ich zu ihr.

Sie schüttelte ihren Kopf. Ihre Wangen waren gerötet, aber sie schien … unberührt.

„Du verstehst es immer noch nicht. Die Presse wird nicht daran glauben, dass du nicht mehr jeder Frau hinterherrennst. Deine Groupies und die Presse werden erwarten, dass du herumstreunst. Immerhin hast du nur eine Frau getroffen, du hast keine Verwandlung deiner Persönlichkeit vorgenommen. Solange diese Mädchen, die dich umgeben, glauben, dass es Hoffnung gibt, wird unsere Verlobung Neuigkeit sein."

„Wirklich? Wenn sie also sehen, wie ich mich verhalte, was passiert dann?"

„Du bist ein schlimmer Finger, Blake und das ist Teil der Erscheinung. Du bist brutal auf dem Eis und ein toller Spieler, aber der brutale Teil ist der, der die Menschen anspricht. Besonders die weiblichen Fans. Ihre Höschen werden sofort nass, wenn sie an dich denken. Die Geschichte hier ist, dass ein schlimmer Finger versucht treu zu sein."

„Und wird dein Höschen nass, wenn du hier bei mir bist?"

Sie wurde rot bei der Frage. „Das ist nicht echt."

Das war nicht die Antwort, die ich hören wollte, verdammt. Ich seufzte. „Ich bin mir nicht sicher, wie eine Verlobung mein Image verändern soll."

„Sie zeigt, dass du Grenzen ziehst. Dass du ein Starspieler bist, der erwachsen wird. Du wirst reifer und handelst nicht mehr in der Öffentlichkeit wie ein arrogantes Arschloch."

Ich zuckte dabei, als sie mich ein arrogantes Arschloch nannte. Ich musste zugeben, es tat ein wenig weh, selbst wenn es die Wahrheit war, zumindest für die draußen. Es erstaunte mich, wie vielen Frauen die Idee gefiel, ihre Beine für ein arrogantes Arschloch breitzumachen. Aber Chloe ließ es klingen, als ob die Worte einen schlechten Beigeschmack hätten.

Es überraschte mich, dass ich mich darum kümmerte, was sie über mich dachte, dass ihre Meinung mir wichtig war.

Gut. Dieser böse Junge würde sich benehmen; aber ich musste auch sicherstellen, dass ich Chloe nah bei mir hielt und das sie herausfand, wie reif ich sein konnte. Wenn es das war, was es brauchte, damit sie darum bettelte, dann würde ich meine Zeit abwarten und versuchen nicht verrückt zu werden.

KAPITEL 7

lake

Den Rest der Fahrt über dachte ich darüber nach, was ich tat. Chloe Hansen war eine ganz eigene Frau. Sie war ein Mysterium. Ich hatte eine starke Ahnung, dass sie mein Leben kompliziert machen würde. Mann, es war bereits kompliziert. Eine falsche Verlobung?

Wenn sie so heiß war, wie ich dachte, wenn sie fast so gut im Bett war, wie ich es mir vorstellte, dann war es gefährlich – Ich könnte mich in sie verlieben und das wollte ich nicht. Ich hatte gesehen, wie meine Eltern gekämpft hatten, um nett zueinander zu sein, wie sie sich öffentlich gut verhielten, bis wir Kinder ausgezogen waren und sie sich im Gericht gegenseitig auseinandernehmen konnten.

Mein Vater hatte meine Mutter mehrfach betrogen. Der Apfel fiel eben nicht weit vom Stamm und ich wollte nicht so ein Mann sein. Sicherlich war es lustig sich herumzuschlafen und ich hatte keine Probleme damit, zuzugeben, dass es eine Vergangenheit von mir war. Aber ich war kein Betrüger. Die Ehe war heilig und ich würde der Frau, die ich heiratete, treu sein. Eines Tages. Das war Teil des Grundes, warum ich mich nie niederlassen wollte. Ich wollte nicht dieselben Fehler machen, die mein Vater gemacht hatte. Ich hatte früh gelernt, Sex als Spaß zu sehen und eine dauerhafte Bindung zu vermeiden.

Mein Leben, mein Erfolg, machte das einfach für mich. Ich war jung und ich hatte Geld. Ich war Single, es gab jede Menge Muschis und der Gedanke mit einer Frau dauerhaft zusammenzuleben, machte irgendwie keinen Sinn.

„Was passiert jetzt?", fragte ich sie. Ich war neugierig, wie sie das hier spielen wollte.

„Wir folgen dem Plan."

Wir würden also weitermachen wie vorher, dennoch hatte sie mich für einige öffentliche Veranstaltungen eingetragen sowie einen Auftritt bei einem Fundraiser für eine Frauenunterkunft organisiert. Und wir würden bei allem gemeinsam auftauchen. „Ich werde natürlich beim Spiel sein … bei allen. Von jetzt an bin ich dein größter Fan. Tom hat mich eingeladen, in seiner Box zu sitzen."

Und nur Ralph Dodge, Tom Lassiter, sein Anwalt und Chloes Chef würden wissen, dass es nicht echt war. Ich hoffte natürlich, dass ich unter dem Druck nicht zusammenbrechen oder klein beigeben würde. Das würde schwer für mich werden, besonders wenn Chloe weiterhin so reserviert mir gegenüber blieb.

Die Presse war zurückgefallen. „Ich nehme an, sie haben das Bild bekommen, was sie wollten." Sie nahm meine Hand von ihren Schenkeln und legte sie auf meine eigenen. „Wenn wir bei dir sind, gehen wir rein.

Nach dem öffentlichen Kuss wird die Presse erwarten, dass wir direkt miteinander ins Bett gehen. Das du deine Hand über meinen Po gleiten lassen hast, hat perfekt funktioniert. Der böse Junge kann seine Hände nicht von dem Mädchen lassen. Wir warten ein wenig und dann bestellen wir Essen von einem Takeaway."

„Wir lassen sie glauben, dass wir vögeln?" Obwohl ich heimlicherweise wünschte, dass wir das auch in echt tun würden.

„Sie werden sicher sein, dass wir schon miteinander geschlafen haben, aber wir müssen es so aussehen lassen, als ob wir verrückt nacheinander wären. Das soll eine neue Liebe sein", sagte sie. „Junge Liebe. Und wie du gesagt hast, nicht die Art, wo der Mann um die Hand anhält und dann bis zu den Flitterwochen wartet, bis er mit der Braut schläft. Sie werden annehmen, dass wir nicht genug voneinander kriegen können."

„Bleibst du hier?" Mein Herz raste bei dem Gedanken, sie in meinem Bett zu haben. Sie nickte. „Ich werde früh morgens gehen und ein Taxi zu mir nach Hause nehmen, damit ich mich für die Arbeit umziehen kann."

„Du gehst ins Büro?"

„Gehst du zum Training und Team Meetings?"

„Natürlich. Es gibt ein Spiel am Wochenende. Übermorgen." Tatsächlich war ich total aufgekratzt.

„Ich habe ziemlich viel zu tun. Ich leite deine PR. Mein Praktikant wird mir helfen. Samstag werde ich beim Spiel zusehen, wie eine gute Verlobte. Meinen Job aufzugeben ist nicht Teil dieses Verlobungsplans. Wenn wir wirklich heiraten würden, würde ich auch nicht meine Karriere aufgeben und Hausfrau werden."

Nein, das würde sie nicht. Ich wollte gerne wissen, ob sie ein eigenes Leben hatte. Irgendein Hobby oder so.

„Heute Abend bringe ich einen Koffer mit."

„Du ziehst ein?" Hobbys ja, aber am Ende des Tages würde sie zu mir nach Hause kommen.

Sie zuckte zusammen. „So erwarten sie es eben. Die ganze Zeit hin und her … wo ist da der Sinn? Wir tun einfach so, als wenn das Liebeswerben ein Geheimnis gewesen war. Bis jetzt."

Ich kicherte. „Das wird gemütlich."

Das war ein Wort dafür, wie es sein würde, wenn sie jeden Abend in meinem Bett lag.

Als wir bei mir ausstiegen, bemerkte ich weitere Autos, die am Rand der Straße parkten. Zwei weitere hielten an, Fotografen stiegen aus und drängten sich um uns, während wir zur Tür liefen. Ich spürte Wut aufkommen auf diese Idioten, die wie Geier auf eine gute Story warteten, dann änderte ich meine Stimmung schnell, denn das war ja schließlich, was wir wollten.

„Willst du etwas sagen, Blake?", rief ein Mann, während er Fotos machte.

„Ich habe gerade ein Statement gemacht", sagte ich, als wir das Haus betraten. Boom, verschluck dich daran, du Arsch, dachte ich mir selbst. Die Reporter schwärmten nun aus und riefen uns mehr Fragen zu. Chloe sagte die ganze Zeit über nichts, sie lächelte einfach nur und hielt meinen Arm.

Ich spürte ein wenig Erleichterung, als wir die Tür hinter uns schlossen. Wir konnten sehen, wie die Reporter sich vor dem Haus bewegten und ich ging herum und schloss die Vorhänge.

„Gut", sagte sie und machte es sich auf der Couch bequem.

„Was jetzt?"

„Da wir jetzt zu Hause und erleichtert sind, dass die Welt jetzt weiß, dass wir total verliebt sind, gehen wir jetzt ins Bett."

„Damit kann ich umgehen", sagte ich. Ihre Lippen verzogen sich zu einem Lächeln. Ich dachte für eine Sekunde, dass sie vielleicht endlich erfreut bei dem Gedanken war.

„Wir warten also noch ein wenig, ehe wir Essen bestellen. Magst du indisch?"

„Nicht besonders."

„Mist. Chinesisch? Was ist mit Pizza?"

Ich konnte Pizza zum Frühstück, Mittagessen oder Abendessen essen.

Dafür bekam ich nur ein Schulterzucken, während sie sich umsah. „Wo ist dein Schlafzimmer?"

Ich nickte zur Tür. „Direkt da durch." Ich grinste sie an, aber sie rollte nur mit den Augen.

„Komm." Sie stand auf und ging zur Tür und ging in mein Schlafzimmer. Ich folgte ihr, sah zu, wie sie ihre Hüften schwang, und fragte mich, was sie vorhatte. Ich war mir ziemlich sicher, dass es nicht das war, was ich wollte. Ich leckte meine Lippe und versuchte einen Röntgenblick, um mir vorzustellen, wie ihr Hintern nackt aussehen würde.

Sie saß auf dem Bett. Ich fand es ein wenig irritierend, wie der Anblick wie sie voll angezogen auf meinem Bett saß mich erregte. Sie ständig um mich zu haben, würde die Hölle sein, eine Qual, auf die ich nicht vorbereitet oder an die ich nicht gewöhnt war. Die meisten Mädchen konnten ihre Finger nicht eine oder zwei Sekunden von meinem Schwanz lassen. Ich wusste nicht, wie ich auf eine Frau reagieren sollte, die sich nicht sofort auf mich werfen wollte.

„Wir sitzen also hier nur?", fragte ich. Ich dachte darüber nach, wie ich später in die Dusche springen würde, um ein wenig von dieser sexuellen Spannung abzuwaschen.

Sie schüttelte ihren Kopf. „Wir haben ein Publikum da draußen und sie brauchen ein wenig Theater, damit sie die Schlüsse ziehen, die wir wollen."

„Das wir hier drin sind und wie verrückt Sex haben."

„Sie können nicht nur schreiben, dass wir drinnen waren. Wir müssen ihnen schon ein wenig geben."

„Du machst das hier wirklich zu hundert Prozent oder?"

„Ich mache nie weniger. So kommt man nicht vorwärts."

Ich setzte mich neben sie. Bei ihr zu sein machte mich jedes Mal an, egal was ich für sie fühlen wollte, egal wie sehr ich mir sagte, dass sie problematisch war. Es war fast unmöglich für mich, so an sie zu denken, wie an jede andere Frau, die ich in mein Schlafzimmer gebracht hatte - oder in ein fremdes Schlafzimmer. Chloe war komplex, stark und berauschend. Chloe war anders. Ein Teil davon war ihre Stärke.

Anstatt sich zwischen uns zu stellen, zog es mich an. Sie war auf ihre eigene Art ein wenig wie ich. Sie tat, was sie liebte, das machte sie sehr gut und es hatte seinen Tribut auf ihr persönliches Leben gefordert. Ich konnte das verstehen und fühlte mich wegen dieser Ähnlichkeit, die wir teilten, zu ihr hingezogen. Wie ich schien sie kein Privatleben zu haben. Sie hatte keine Zeit für irgendjemanden. Vielleicht genoss sie One-Night-Stands oder vielleicht vermied sie auch jegliche Art von Verwicklung. Ich wusste das, denn ich war seit Tagen um sie herum gewesen und sie hatte nicht einmal einen persönlichen Anruf gemacht oder bekommen. Sie hatte mit ihrem Chef gesprochen, ihrem Praktikanten im Büro, mit Ralph und Tom Lassiter … und das war es. Sie hatte diese Rolle angenommen ohne irgendwas in ihrem Leben dafür umzuarrangieren.

Sie ließ mich über meine Gefühle nachdenken, anstatt einfach blind zu laufen und nicht über irgendwelche Auswirkungen meiner Handlungen nachzudenken. Ich war vorsichtig und wachsam um sie herum. Ich gierte nach ihr, aber wenn ich neben ihr auf meinem Bett saß, wusste ich, dass mein Plan, meine Absicht sie dazu zu bringen, mich zu bitten meinen harten Schwanz in sie zu stecken, dumm war. Es machte keinen Sinn.

Was wollte ich?

Erstaunlicherweise wollte ich, dass sie mich mochte … dass sie gut über mich dachte. Ich fühlte den Drang, sie zu beeindrucken und zu begeistern. Ich wollte, dass sie sich um mein Image sorgte und ich wollte sichergehen, dass sie nicht am Ende dachte, dass ich ein Arschloch sei. Natürlich hieß das nicht, dass ich nicht immer noch wollte, dass sie darum bettelte, gefickt zu werden. Jedes Mal wenn ich sie ansah, jedes Mal machte sie irgendwas, was mich ihrer Anwesenheit bewusst werden ließ, sie räusperte sich, und Lust stieg in mir auf. Und dennoch … alleine mit einer Frau zu sein und nichts zu probieren, war nicht mein Stil. Aber mein Stil hatte vorher auch noch nie Chloe Hansen getroffen.

Wir saßen eine Weile still da. Ich war in Gedanken versunken. Der Nachmittag war anstrengend und stressig gewesen und meine Gefühle hatten mich verwirrt. Dann lächelte sie plötzlich. „Hast du ein langes T-Shirt?"

„Klar. Wofür?"

„Wenn wir hier drin schon vögeln sollen, dann will ich wenigstens während des Abendessens was tragen. Ich sollte den Reporter einen flüchtigen Blick geben, nur einen flüchtigen Blick, in dem ich nichts außer einen deiner T-Shirts trage. Vielleicht wenn das Abendessen kommt und ich an die Tür gehe – die Pizza." Sie rümpfte ihre Nase.

Ich lächelte. „Was ist mit einem Hockeyshirt? Es hat meine Nummer drauf."

„Perfekt."

Ich ging zum Schrank und holte eins raus. Sie dachte auf jeden Fall an alles, keine Details dieses Plans entgingen ihr. Es war kinderleicht und ich bewunderte das.

„Die gibst du den Groupies oder?"

Ich nickte. „Habe ich früher gemacht." Schritt eins zu versuchen sie zu einer besseren Meinung von mir zu bekommen.

Sie lachte. „Ehe du die wahre Liebe gefunden hast?"

„Ja." Irgendwie schien das nicht so lustig in dem Moment.

„Dann ist es perfekt. Das Mädchen, das die Groupie-Belohnungen an sich reißt." Ich sah, wie sie aufstand und ein Shirt hochhielt. „Ich ziehe mich besser um."

Ich schaute sie an. Sie schaute mich an. Es dauerte einen Moment, bis ich erkannte, was sie meinte. Sie hatte nicht die Absicht sich vor mir auszuziehen. „Oh tut mir leid, ich bin dann mal im Wohnzimmer."

„Gib mir fünf Minuten", sagte sie. „Dann kannst du zurückkommen."

Ich spürte, wie sich der Boden unter meinen Füßen bewegte. Ich hatte diesem Schauspiel zugestimmt, weil es schien, dass ich keine andere Wahl hatte. Ich hatte darauf bestanden, dass sie die Rolle annahm, damit ich sie ficken konnte – sodass ich etwas mehr als nur ihre PR-Dienste bekam, für das was ich hier tat. Es war nach hinten losgegangen. Sie hatte stattdessen noch mehr Kontrolle und lenkte die Dinge. Und ich verlor jeden Fokus, den ich hatte, ich machte einfach mit … ich war der gute kleine Junge und regte mich nicht einmal auf. Es war, als wenn ich in irgendeinem mächtigen Strom schwimmen würde.

Es war beunruhigend.

Als ich genau fünf Minuten später zurückkam, fand ich sie in meinem Shirt an der Glastür stehend, die zum Hof führte. Ihre Kleider lagen im Zimmer verstreut, als ob sie heruntergerissen worden wären. Das Bett war unordentlich. Sie sah mich an. „Zieh dich aus."

„Was?"

„Ich will, dass deine Klamotten zu diesem Durcheinander hinzukommen und dann geh ins Bett."

„Soll ich nackt gehen?"

Sie lachte. „So sind die Menschen normalerweise, wenn sie ihre Kleidung ausgezogen haben."

Nichts an dieser Situation war sexy. „Was ist los?"

„Ich werde diese Vorhänge öffnen und in den Hof gehen."

Ich zuckte zusammen. „Du weißt schon, dass da Reporter draußen sind?"

„Das ist der Punkt. Ich werde hinausgehen und mich so verhalten, als ob sie mich überraschten, mich unvorbereitet träffen und Fotos von mir nach einem intimen Moment machen würden."

„Eine Anzahl von Momenten bitte", protestierte ich.

„Sie werden ihre Spekulationen bestätigen können und haben anzügliche Fotos von uns, die sie mit ihren Lesern teilen können."

„Und sexy Fotos von mir nackt in meinem Schlafzimmer mit einem weiteren Mädchen, hilft meinem Image wie genau? Wir wollten doch mein Image verbessern oder?" Ich war wütend, weil sie bestimmte, was wir taten und ich nicht damit einverstanden war. Und warum musste ich nackt sein und sie nicht? Das schien nicht fair.

„Das ist der Übergang. Die Idee ist nicht, so zu tun,

als ob du ein kastrierter Chorjunge wärst, Blake, nur dass du das richtige Mädchen gefunden hast. Ich bin mir nicht einmal sicher, ob du das alles verstehst." Sie hatte recht. Ich verstand das ganze Konzept nicht und ich wurde immer frustrierter. „Du bist immer noch ein heißer Macho Hockeyplayer. Dieser Teil deines Images wird bleiben. Alles, was wir ihnen sagen ist, dass die wilden Partys vorbei sind. Du hast mich und die wahre Liebe entdeckt. Wir wollen nicht, dass sie glauben, dass du unter meinem Pantoffel stehst, nur dass du bei mir bleibst. Dann wärst du langweilig genug um ein Rollenvorbild zu sein. Dass du eine neue Freundin hast, ist nichts Neues, aber ihr treu sein, ist etwas anderes. Aber erst brauchen sie noch ein wenig mehr Überzeugung das dies echt ist, besonders da ich eine andere Art von Frau bin."

„Du willst also das ich mich ausziehe, warum?"

Ich bemerkte ein unfreiwilliges Zucken ihrer Augenbraue. „Für den guten Zweck."

„Das Problem ist …" Ich zog meine Hosen aus und öffnete sie. Mein harter Schwanz schaute aus dem Hosenschlitz meiner Boxershorts und sah mehr hungrig als zufrieden aus. Sie starrte direkt auf meinen Schwanz und ich sah ihr dünnes, amüsiertes Lächeln auf ihrem Gesicht. „… wenn ich nackt bin, dann sieht jeder Fotograf ziemlich genau, das wir nicht gefickt haben."

Ihre Augen waren auf meine Beule fixiert. „Mir sind die Techniken bekannt. Ich will, dass du dich jetzt ausziehst und dich aufs Bett legst, auf die Seite mit dem Rücken zur Tür, als ob du schlafen würdest. Niemand wird das Ding da sehen."

Autsch, sie nannte meinen Schwanz "das Ding". Das tat weh. Ich seufzte und begann meine Krawatte aufzumachen und mein Shirt auszuziehen. Ich wusste, wenn sie in dem Moment zu mir herüberkommen würde und meinen Schwanz anfasste, wenn sie ihre langen, schönen Finger darum legen und drücken würde, dass ich sofort kommen würde.

Mir kam der Gedanke, dass Spermaflecken auf dem Shirt noch überzeugender waren, aber ich sagte nichts, ich tat, was mir gesagt wurde.

Der Vertrag, erinnerte ich mich selbst.

Sie schaute mich immer noch an, als ich ins Bett stieg. Ich fühlte ihren Blick in meinen Rücken. Ich wollte, dass sie mich anfasste, mehr als ich mich je erinnerte sie gewollt zu haben, aber dann wiederum machte Lust die Gedanken auch ein wenig schwammig.

„Showtime", flüsterte sie.

KAPITEL 8

hloe

Ich schaute zu, als Blake ins Bett stieg und konnte meine Augen nicht von dem muskulösen Hintern nehmen. Ich versuchte, ein Seufzen zu unterdrücken. Nicht nur war er körperlich attraktiv, in der kurzen Zeit in der ich ihn kennengelernt hatte, hatte ich auch meine eher kritische Meinung über ihn verbessern müssen. Ich war immer noch von ihm angezogen, aber jetzt verwunderte es mich, dass ich in ihm nichts weiter als den schlimmen Sportler gesehen hatte. Natürlich war das das Image, was er widerspiegelte. Es gab aber noch mehr an ihm als das und ich glaubte nicht, dass er sich seinem Potenzial bewusst war. Er war anders hinter geschlossenen Türen oder vielleicht spielte er auch nur die Rolle, so wie man es ihm gesagt hatte.

Ich konnte nicht leugnen, dass ich ein Spiel gespielt hatte, um ihn nackt zu sehen. Es war überhaupt nicht nötig. Ich nutzte meinen Vorteil über ihn aus und genoss jedes bisschen, dass ich von ihm nackt sehen konnte. Er war ein totaler Adonis, noch mehr als ich gedacht hatte und bei mir zu sein hatte seinen langen, dicken Schwanz steif gemacht. Ich musste zugeben, dass ich mich sexy damit fühlte. Beim darauf starren war meine Muschi noch feuchter geworden, als sie eh schon war und ich konnte die Vorstellung nicht abschütteln, wie dieser Schwanz in meine enge Muschi glitt. Ich musste mich zwingen, nicht daran zu denken, wie es für ihn sein würde mich zu ficken, aber ich wollte nicht, dass er wusste, dass ich ihn haben wollte. Ich musste mich an meinen Teil erinnern, dass ich die Dominante war, die sagte wo es lang ging.

Ich wollte ihn und meine Gedanken waren in großer Aufregung, weil ich meine Selbstkontrolle und meine Gelassenheit behalten musste.

Ich stählte mich, um wieder zur Arbeit zurückzukehren. Wir hatten einen Auftrag zu erfüllen. Ich zog die Vorhänge zur Seite und sah eine verschwommene Bewegung im Garten.

Ich hörte ein Flüstern vom Bett, aber verstand die Worte nicht. Wenn Blake sagte, dass er mich ficken wollte, dann wäre ich vielleicht gleich hier in eine Pfütze zerflossen, da war ich mir sicher. Ich nahm einen Atemzug und trat heraus. Es war später Nachmittag und noch hell. Als ich in den Garten ging, wurde ich von Männern und Frauen mit Kameras und Handys umringt. Ich warf ihnen einen gehetzten Blick zu und betete, dass sie es mir abkauften. „Was macht ihr da?", schrie ich sie an. „Geht raus hier." Ich hob meine Arme dazu noch in die Luft.

Mehrere riefen mir Fragen zu, ich verstand nicht, was sie fragten. Es machte auch nichts. Ich hatte keine

Absicht irgendein Statement abzugeben. Alles, was ich sagte, würde sowieso umgedreht werden. Worte machten hier nichts. Wenn die Zeit reif war, würde ich ein Forum erstellen, wo ich die Nachrichten kontrollieren konnte.

„Da ist er ja", sagte eine Frau und trat durch die Tür und machte ein Foto von Blake. Ich griff sie an den Schultern und schubste sie weg. „Das ist Privateigentum. Lassen Sie uns in Ruhe!" Dann ging ich wieder hinein, schloss die Tür und zog die Vorhänge zu.

„Sie sind auf dich angesprungen, so wie du es gesagt hast", sagte er und hörte sich beeindruckt an.

Ich lehnte an der Tür und schaute auf seinen Rücken. Ich versuchte, von dem Adrenalin runterzukommen. Das Lob war unerwartet und erfreute mich, aber in dem Moment war das Einzige was ich auf der ganzen Welt wollte, mich zu ihm ins Bett zu legen. Ich wollte seine Hände auf meinem Körper spüren. Mir war schwindelig vor Lust auf ihn, das trübte den Job, für den ich angestellt worden war.

Er rollte sich hinüber und sah mich an, sein wunderbar steifer Schwanz hatte die Anziehungskraft eines mächtigen Magneten. Ich wollte darauf starren, aber ich konnte nicht. Ich wollte ihn anfassen, aber ich wusste, dass das außer Frage stand.

„Ich werde im Wohnzimmer sein. Zieh dir ein paar Klamotten an und komm raus und wir können Essen bestellen", sagte ich. Er begann aufzustehen und ich drehte mich weg und zwang mich von diesem tollen Adonis wegzugehen und ins Wohnzimmer zu laufen. Es war vielleicht eines der schwersten Dinge, die ich je in meinem Leben getan hatte, von diesem schönen nackten Mann wegzugehen. Ich verdiente eine verdammte Medaille für diese Menge an Selbstkontrolle.

Mein Plan funktionierte, aber ungewöhnlicherweise

war das für mich nicht genug. Als ich vom Bett wegging, erwartete ich halb, dass Blake mich zurückrufen würde. Er würde meinen Namen sagen und mich in seiner tiefen Stimme in sein Bett beordern. Das würde alles zwischen uns ändern, denn trotz all meiner Instinkte gegen alle professionellen Gründe, ich hätte es getan. Ich wollte den Mann so sehr.

Das konnte ich ihm nicht sagen, aber wenn er sich wie sein Bad Boy Image verhielt, dann würde er das bekommen, was er anscheinend wollte. Ich würde mich von ihm in jeder Weise nehmen lassen, wie er wollte. Wenn er es mir nur sagen würde. Jetzt verstand ich, warum er für alle anderen Frauen da draußen so unwiderstehlich war.

Die Stille klingelte in meinen Ohren, als ich in das geräumige Wohnzimmer ging und mich auf die Couch setzte. Ich fühlte mich schon fast verletzt von der Stille, die schlimmer war, als ob er mich stattdessen angeschrien hätte. Das Gefühl des weichen Leders war ein Schock auf meinem nackten Hintern.

Er wollte mich. Ich wusste, dass er das wollte. Und auf jeden Fall hatte ich ihn erregt. Ich hatte es nicht geplant, zumindest nicht am Anfang. Ich hatte davon geträumt, mit seinem Shirt hinaus in den Hof zu gehen, dann war es einfach zu gut gewesen ihn auf diese Weise dazu zu bringen, sich für mich auszuziehen. Es verwunderte mich, dass er das tat. Er ging in meine Falle und ich konnte die guten Dinge sehen. Er hatte seinen steifen Schwanz natürlich zur Schau gestellt. Er hatte sehen wollen, ob er mich schockieren konnte und tat so, als wenn er nicht überrascht war, als ich ihm sagte, sich auszuziehen.

Indem ich versuchte, den Machotyp durch einige Reifen springen zu lassen, hätte ich mir die Hand verbrennen können. Er wusste, dass es erfunden war und erkannte wahrscheinlich, dass ich ihn aus eigenen Gründen nackt haben wollte. Aber er hatte getan, worum ich gebeten hatte. Irgendwie schien er anders von mir zu denken, als am Anfang, genauso wie ich ihn jetzt anders sah.

Die Dinge waren ein wenig außer Kontrolle geraten. Ich wollte ihn von Anfang an, aber der öffentliche Kuss hatte mich fast schmelzen lassen. Er hatte nicht versucht, sexy zu sein. Er war nervös gewesen, genauso wie ich. Aber als unsere Lippen sich berührt hatten, als er mich an sich gezogen hatte, war es, als ob alle im Raum mit ihren Kameras verschwunden wären. Ich war wie Eis zerschmolzen.

Ich konnte mich selber so belügen. Ich war eine gute Lügnerin.

Ihn nackt zu sehen, hatte meine Gefühle wieder auf diesen Moment zurückgebracht – der verschmelzende Kuss, seine Hand, die so nah an meiner Muschi in der Limo elektrisierte und wie ich mir gewünscht hatte, er würde ein wenig weiter nach unten gehen und mich dort anfassen. Sein schöner Körper machte mich mehr an, als ich je geglaubt hatte, dass sowas möglich war.

Und jetzt … war ich so nahe dran gewesen mit ihm ins Bett zu gehen, dass ich eine bibbernde, unruhige Masse vor Hitze des Verlangens war. Der Gedanke an seine Hände auf meinen nackten Brüsten oder Hintern, sein Mund an meiner Muschi ließ mich etwas wollen, was ich nicht wollte. Nicht wollen sollte. Aber ich wollte es. Ich wollte, dass er mich liebte. Ich wollte das Gefühl dieses dicken, geschwollenen Schwanzes in mir spüren.

Ich sagte mir, dass das nur war, weil ich geil war – ich hatte seit zwei Jahren nicht mehr mit einem Mann geschlafen. Ich gab vor, dass ich viel arbeitete, was auch wahr war, aber in Wirklichkeit war ich ziemlich wähle-risch, wenn es um Männer ging.

Und jetzt … was wusste ich über Blake Collins?

Oberflächlich wusste ich fast alles über ihn und vieles davon war nichts Gutes. Ich nahm an, selbst wenn er mich fickte, konnte ich nicht erwarten, dass er sich auch in Wirklichkeit um mich kümmern würde. Alles was ich für ihn sein würde, wäre ein One-Night-Stand – ein Stück Arschloch.

Ich wusste das und es war ein Maß meiner Verzweif-lung, das ich gewillt war, das zu riskieren. Ich war gewillt, gegen die Wand gedrückt zu werden und mein Gehirn rausgefickt zu bekommen. So einsam war ich. Ich konnte nicht erwarten, dass er sich in irgendeiner Hinsicht um mich kümmerte. Ich könnte eine weitere Fickmöglichkeit für ihn sein, also traf ich die richtige Entscheidung, indem ich nicht versuchte mit ihm ins Bett zu gehen.

Er kam heraus und trug Jogginghose und ein T-Shirt.

„Setz dich zu mir", sagte ich und klopfte auf die Couchpolster.

„Ich hole uns ein Bier", sagte er.

Als er zurückkam und mir eins gab, setzte er sich neben mich und ich spürte die Wärme seines Körpers, die mich daran erinnerte, dass ich unter dem übergroßen T-Shirt nackt war.

Er hob seine Bierdose und lächelte. Es gab etwas, was ich vorher nicht gesehen hatte, aber ich konnte es nicht einordnen. Es war schon fast beglückwünschend. „Hast du bekommen, was du wolltest?"

Ich nahm einen großen Schluck des kalten Biers. Es half. „Was meinst du?"

„Mich nackt zu sehen."

„Das hat der Geschichte geholfen." Und mir dachte ich, aber ich traute mich nicht, dass zuzugeben.

„Es gab viele Dinge, die genauso gut funktioniert hätten."

Es war mir unangenehm, dass ich so durschaubar schien. „Es war so mehr dramatischer."

Er nippte an seinem Bier. „Du, Chloe, bist eine Lügnerin. Und in diesem Fall, bist du keine gute Lügnerin."

„Okay, ich habe dich getestet. Ich wollte sehen, ob du meinen Anweisungen folgst, selbst wenn die bedeuteten, dass eine Frau dich zum Strippen bringt. Ich wollte sehen, ob du mit einem Rückschlag umgehen kannst." Er ließ einen Arm hinter mich gleiten und hielt meine Hüfte. Ich wusste, ich sollte ihm sagen, er soll ihn dort wegnehmen, aber die Worte blieben mir im Hals stecken.

„Hab ich bestanden?"

Ich nickte, nicht sicher, was ich antworten sollte. „Scheint so."

„Jetzt fühlst du dich unwohl. Aus dem Gleichgewicht geraten."

Ich war eher erhitzt, als ausgeglichen. Ich schaute ihn an, um zu sehen, ob er mich neckte. „Unausgeglichen?"

„Es hat dich überrascht, dass ich nicht auf dich angesprungen bin "

„Nein."

„Es hat dich nicht überrascht?"

Ich zitterte und ehe ich antworten konnte, war seine Hand heiß, und schmolz auf meiner Hüfte. Ich schaute in sein Gesicht und seine Augen bohrten sich in meine. Er bewegte sich näher zu mir und küsste mich. Es war der Kuss fürs Publikum mit seiner Zunge in seinem Mund, mein Gehirn war gefangen in einem atemberaubenden Kampf, ob ich ihn ermutigen oder abwehren sollte.

Der Arm um meine Hüfte zog mich auf seinen

Schoß. Mein nackter Hintern rieb über seinen harten Schwanz durch seine Hose, als seine Hand sich zwischen meine Beine legte. Ich zitterte. Er brach den Kuss ab und bewegte sich, um an meinem Ohrläppchen zu knappern. Ich keuchte, als seine Finger meine Muschi erreichten und sie mit einer schockierend zarten Berührung streichelten. Ich stöhnte leise, während er die Umrisse meiner Schamlippen nachfuhr, dann steckte er einen Finger hinein.

„Nass", keuchte er in mein Ohr. Um seinen Punkt zu unterstreichen, bewegte sich sein Finger in mir, verstreute meine Säfte um die zarten Falten. Seine Finger waren Elektroden, stimulierten mich, während sie in meiner Muschi tanzten. Sein Mund bearbeitete mein Ohr, saugte mein Ohrläppchen in seinem Mund, küsste meinen Nacken und schmeckte meine Haut. Und die ganze Zeit steckten diese dicken Finger in meiner Muschi und fickten mich.

„Oh mein Gott!", schrie ich, weil ich kam.

Er hielt mich fest, sein Gesicht an meinem, seine Hand noch zwischen meinen Beinen. Mein Atem beruhigte sich langsam und ich lag schwach in seinen Armen und wartete darauf, was er als Nächstes tun würde. „Ich denke, wir bestellen besser eine Pizza", sagte er. Er setzte mich wieder auf die Couch und ich lehnte mich gegen die Armlehne. Das Shirt hing über meine Hüfte und seine Augen lagen auf meiner geschwollenen Muschi. „Ich werde anrufen."

Ich beobachtete ihn verwundert. Was zum Teufel machte er? Warum fickte er mich nicht? Hatte er mich nur zum Orgasmus gebracht, um zu beweisen, dass er in einem Augenblick die Kontrolle über die Situation gewinnen konnte? Oder in diesem Fall über meine Klit?

Als er das Telefon in die Hand nahm, versuchte ich

mich zu sammeln und nachzudenken. „Ich glaube, ich werde jetzt gehen", sagte ich ihm.

„Ich dachte, die jungen Liebhaber werden die ganze Nacht ficken", sagte er. Ich hörte etwas Merkwürdiges in seiner Stimme.

„Du weißt nie, was junge Liebhaber tun werden, wenn es darum geht", sagte ich. Ich ging ins Schlafzimmer, um mich anzuziehen und nach Hause zu gehen. Ich brauchte ein wenig Abstand.

KAPITEL 9

lake

Ich hasste die Art, wie wir die Dinge auf sich ruhen ließen. Es hatte mich innerlich zerrissen, nicht zu ihr rennen zu können und sie in meine Arme zu nehmen und sie direkt auf der Stelle zu ficken. Ich hasste es, sie gehen zu lassen, aber es war wichtig, Stellung zu beziehen, sodass ich konzentriert bleiben konnte. Ich war mir nicht ganz sicher, warum sie mich so weit hatte gehen lassen und ich hatte jede Art von Stärke gebraucht, die ich hatte, um mich davon abzuhalten, sie zu ficken. Bis zu dem Moment hatte ich noch nie so viel Zurückhaltung in meinem ganzen Leben geübt, es lag einfach nicht in meiner Natur.

Aber sie hatte mich nicht darum gebeten.

Ich war mir nicht sicher, warum ich darauf bestand, selbst wenn es darauf hinausgelaufen wäre, was meiner Meinung nach ein außergewöhnlicher Fick gewesen wäre. Vielleicht war ich wütend. Die Geschäftsleute benutzten sie, damit sie mich manipulierte, sie war also ein Teil davon. Ich nahm es ihr übel, dass sie ihre Schönheit, ihr Sex Appeal als Druckmittel benutzt hatte, um mich zu kontrollieren. Ein innerer Teil von mir wollte es ihr zurückzahlen. Sie wurde bezahlt, um mich unter Kontrolle zu halten und das nahm ich nicht sehr gut auf.

Ich verbrachte den nächsten Morgen mit meinem Trainer und arbeitete mich durch mein Fitnessprogramm. Der Work-out half mir, meine Wut ein wenig zu lindern. Danach ging ich aufs Eis und trainierte mit dem Team an ein paar grundlegenden, aber kritischen Dingen. Am Ende fühlte ich mich viel besser bei all den Ablenkungen am Tag. Ich erinnerte mich daran, warum ich wirklich hier war, wegen des Spiels. Ich war auf dem Weg nach Hause, als Chloe anrief, und mich sofort wieder in das Feuer des anderen Spiels beförderte, dass ich spielte. „Wir gehen heute zu einer Kunsteröffnung und dann Essen. Ich habe in deinem Namen reserviert."

„Was für eine Art Kunst?"

„Für Charity", sagte sie und hörte sich verdutzt an.

Ich wollte lachen. Sie hatte keine Ahnung, was für eine Art Kunst das war. Sie hatte lediglich eine Veranstaltung geplant. Sie verkaufte sich nicht sehr gut mir gegenüber, als eine Person, die keine anderen Gefühle außer den mechanischen Bewegungen in ihrem Job hatte. Sie sagte mir, wann ich sie abholen sollte und was ich tragen sollte. Es war natürlich ein Anzug und es war mein Job, durch ein gezwungenes und entschiedenes Lächeln allem zuzustimmen, was sie sagte.

Ich würde einen für Chloe tragen, selbst wenn ich dafür keinen Sex bekommen würde, aber es würde mir den Platz im Hockeyteam sichern. Sie zu befriedigen, war aufregend und toll gewesen. Es hatte dazu geführt, dass die Eiskönigin ihre Mauern heruntergefahren hatte. Sie hatte mich nicht angefleht das zu tun, aber sie war ziemlich zufrieden damit gewesen, sich von mir zum Höhepunkt fingern zu lassen.

Von der Galerie gingen wir in ein französisches Restaurant, dass ich trotz der mangelnden Kommunikation meines "Dates", genoss. „Ich dachte wir spielen immer noch das junge Liebhaber Ding. Sollte man mich nicht zumindest ab und zu mal anlächeln? Sie werden es merken und würden es nicht mehr glauben, wenn wir es nicht glaubhaft machen. Das ist *dein* Spiel, Chloe, erinnerst du dich?"

„Tut mir leid", sagte sie. „Du hast recht." Dann redete sie über die Kunst, die wir gesehen hatten, als ob ich mich an irgendwas davon erinnerte, aber ich tat so, als wäre ich interessiert, denn ich war gut darin, meine wahren Gefühle zurückzuhalten.

Nach dem Abendessen gingen wir zu mir. Während ich meinen Anzug mit einer Jogginghose tauschte, zog sie ihre Schuhe aus und machte den Fernseher an. Sie saß in einem Stuhl, während wir einen Film sahen und uns dabei kaum anschauten. Zumindest war ich aus meinem unbequemen Anzug raus. Als der Film vorbei war, holte sie ihr Handy heraus und sagte, dass sie nach Hause ging. Da war sie wieder mit ihrer Roboternatur. Diese Braut machte mich einfach nur verrückt. „Ich rufe mir ein Taxi", sagte sie.

„Und morgen?", fragte ich.

„Spieltag."

„Was steht morgen an, Boss?"

„Was machst du normalerweise?"

„Ich gehe früh dorthin und bereite mich geistig vor, dann wärme ich mich auf."

„Dann werde ich direkt alleine dorthinfahren. Ich

nehme ein Taxi zur Arena und treffe dich dann draußen vor der Umkleide."

„Hört sich gut an, Madame", sagte ich sarkastisch.

Ich ging mit ihr zur Tür, als das Taxi kam und machte ein Schauspiel, um ihr einen Gute Nacht Kuss zu geben. Ich machte das nicht für die Presse. Ich brauchte einen Anhaltspunkt, ich musste sie anfassen und ich brauchte diesen Kuss, um durch die Nacht zu kommen.

hloe

In der Box des Eigentümers zu sitzen gab mir eine falsche Vorstellung davon, wie es war zu einem Hockespiel zu gehen und das volle Erlebnis zu bekommen, aber dennoch war ich beeindruckt. Da saß ich in einer schönen Umgebung, an einer Wet bar, einem Buffet mit netten Häppchen und bequemen Sesseln. Aber die Stühle unten um das Eis hingegen, waren mit enthusiastischen Fans vollgestopft, viele trugen Blizzard oder Winnipeg Team Pullover und warteten aufgeregt auf den Beginn des Spiels. Vielleicht könnte ich irgendwann ein verbessertes Erlebnis des Spiels von da unten an der Bande mitnehmen.

Alle waren nett zu mir und waren höflich und freundlich. Natürlich dachten alle außer Tom Lassiter, der Besitzer, dass ich Blakes Verlobte war. Tom kannte den Plan, aber ich musste mich fragen, was er davon hielte, wenn er wüsste, wie meine Gefühle für Blake aussahen. Das Spiel, das wir spielten, die Geschichte wie wir uns verlobt hatten, hatte mich aufs Glatteis geführt. Er warf mir ab und zu neugierige Blicke zu, schon fast, als wenn er es nicht glauben konnte, dass ich all das hier durchziehen konnte.

Seine Tochter Daphne, die achtzehn war, stellte sich vor und setzte sich neben mich. Ein Kellner brachte eine Mimosa und eine Käseplatte und Cracker. Ich schaute auf den Spielplatz, wo Spieler sich aufwärmten, herumfuhren und ein paar Übungsschüsse machten. Wir hatten einen tollen Blick auf alles, von bequemen Sitzen aus und außerdem gab es noch große Bildschirme, die eine Nahaufnahme der Handlung zeigten.

„Elegant", sagte ich. „Ich könnte mich daran gewöhnen. " Ich nahm einen Schluck der Mimosa und ließ den Alkohol in meine Venen fließen.

Daphne kicherte. „An der Bande ist mehr los."

Ich sah Daphne näher an. Sie war eine schlanke, junge Blondine mit ungewöhnlich dunklen Augen und einem wunderschönen Gesicht – die Art von Mädchen, die immer schöner wurde, wenn sie reifte.

„Ist das normal?", fragte ich sie und bezog mich auf den mit Adrenalin gepumpten Fanklub.

„Ja, wenn Blake spielt schon", sagte sie und kräuselte ihre Lippen zu einem halben Lächeln, als wir ein Mädchen etwas in Richtung Blake werfen sahen, was auf jeden Fall ein Höschen war. Er nutzte lässig seinen Hockeyschläger, um es zur Seite zu schieben, wo ein Schiedsrichter es aufnahm und in seine Tasche stopfte, als wenn er daran gewöhnt wäre, dass solche Sachen passierten. Ich war überrascht.

Daphne lehnte sich herüber. „Ich glaube, Blake wird ein toller Ehemann sein."

„Wirklich? Bei seinem Ruf haben mir viele Menschen gesagt, was für einen Fehler ich mache." Daphne warf mir einen belustigten Blick zu, also fügte ich schnell hinzu, „natürlich versuche ich nicht, auf die zu hören und die Menschen wissen nicht, wie er hinter verschlossenen Türen ist und so …"

„Es ist wahrscheinlich Eifersucht", sagte sie. „Du weißt, dass es eine Anzahl von Frauen gegeben hat, die versucht haben, sein Herz zu erobern, aber alles was sie bekommen haben, war ein wilder Ritt." Sie grinste und kicherte. „Ich sage nicht, dass du keine Herausforderung vor dir hast, aber du bist eine stärkere Frau, nicht so wie die, die er gewohnt ist. All diese Groupies werden erblassen, wenn er akzeptiert, dass eine starke Frau ihn mag, dass er sich nicht mit den einfachen abgeben muss, denjenigen, die sich vor Begeisterung überschlagen, nur um ihn ins Bett zu kriegen."

Ich lachte. „Was macht dich zu so einer Expertin bei Männern wie Blake?" Ich fühlte mich ein wenig unbehaglich dabei, diese Art von Gespräch mit der achtzehnjährigen Tochter des Teambesitzers zu führen. Ich hoffte, es war keine Falle.

Sie tippte sich an den Kopf. „Willst du das wirklich wissen?"

Plötzlich wollte ich das. „Ja."

„Ich war mal vor ein paar Jahren in einen Spieler verliebt. Als Papa es herausgefunden hat… naja, sagen wir mal, er hat den Gedanken gehasst und am Ende hat es nicht funktioniert."

„Du hast Schluss gemacht?"

Sie schaute finster drein. „Er ist gegangen. Er hat nach vorne geschaut."

„Tut mir leid." Offensichtlich hatte Daphne ihr Herz

schon im jungen Alter gebrochen bekommen und es tat mir leid für sie.

„Eine gute Sache, die dabei herausgekommen ist, war, dass Mama und ich ein langes Gespräch über Typen wie ihn hatten – Typen wie Blake Collins. Sie zeigte mir, dass es Sinn machte sich in sie zu verlieben – in die, die ein richtiger Adonis sind. Ich meine, einige von ihnen sind so heiß; manche sind sogar bezaubernd auf dem Eis. Sie sagte, dass das Problem ist, dass sie oft so viel Aufmerksamkeit kriegen und dass sie so von sich überzeugt sind, dass sie sich mit Frauen austoben. Sie glauben, du wirst sie lieben, egal was für einen Mist sie anstellen."

Ich dachte, dass ihre Mutter nicht ganz Unrecht hatte. „Sie hat dich also vor ihnen gewarnt?"

Daphne grinste. „Eigentlich nicht. Sie sagte, dass diese Männer viel zu bieten haben. Für einige Frauen würde ein Machoman, ein echter Alphatyp das Leben erst richtig schön machen. Aber …"

„Aber was?"

„Naja, sie hat mir dieses merkwürdige Lächeln gegeben und mir gesagt, dass Blake Collins sie sehr an Papa erinnert – wie er früher war, ehe er geheiratet hat. Er war auch einer der heißen Spieler und sie sagte, er war genauso wild, wie sie nun mal sind."

„Das kann ich mir schwer vorstellen. Er ist so … ich weiß nicht … ehrfürchtig."

„Sie sagte, das ist das Ergebnis von gutem Training." Sie zwinkerte. Das Gespräch wurde immer komischer.

„Training."

„Sie sagte, du musst die Eier haben, auf Augenhöhe mit so einem Monster zu stehen und die Regeln zu machen."

„Die Regeln?" Ich wollte lachen. Ich war auch ein

wenig geschockt, dass Daphnes Mutter das Word „Monster" nutzte, um sich auf ihren eigenen Mann zu beziehen.

„Mama sagte, wenn ein Mann wie dieser dich anmacht, dann ist das Letzte was du willst, ihn zu verändern. Das Ding ist sie wissen zu lassen, was du erwartest und zu sehen, ob sie gewillt sind nach deinen Regeln zu spielen, genauso wie auf dem Eis. Und wenn nicht …", sie grinste, „…musst du auf die Strafbox zurückgreifen."

„Und das funktioniert?"

„Laut meiner Mutter ja. Papa bleibt ein böser Junge auf die Art, wie sie es mag." Ich fand das schwer zu glauben, aber nicke nur zustimmend.

„Ich verstehe. Und hast du jetzt auch ein Auge auf irgendeinen Hockeyspieler?"

Sie lächelte wehmütig. "Im Moment nicht. Ich habe mich dazu entschieden, die Dinge langsam angehen zu lassen."

„Du hast Zeit." Sie war noch ein Baby meiner Meinung nach. Als ich achtzehn war, war ich noch gar nicht in einer ernsthaften Beziehung gewesen.

„Wo wir gerade von der Zeit sprechen – es ist Zeit, den Puck zu werfen." Sie deutete auf den Bildschirm.

„Das Opening Face-Off. Blake wird links vom Mittelstürmer aufgestellt, wo er eine gute Reichweite auf den Puck hat."

Wir sahen, wie die beiden Teams sich aufstellten, hinter ihren Mittelstürmern, alle waren angespannt und bereit. Der Puck fiel und Schläger schlugen gegeneinander, der Puck schoss in Richtung Blake, der ihn zu einem Teamspieler schob und das Spiel begann.

„Du kannst wieder atmen", sagte Daphne. „Lehn dich zurück und genieß, was immer passiert."

lake

Es war immer beschissen, wenn man ein Spiel verlor, aber wenn das Team in den Play-offs war, war jedes Spiel kritisch. „Was zum Teufel stimmt nicht mit dir Collins?", brüllte der Coach, als wir in die Umkleide gingen.

Ich hatte keine Antwort darauf. „Ich konnte das Tempo nicht mithalten." Ich hatte nicht schlecht gespielt. Ich hatte keine Fehler gemacht, aber ich hatte auch nicht gut gespielt. Ich fühlte mich, als wenn ich mein Team im Stich gelassen hätte.

„Ihr habt sie wie einen königlichen Besuch behandelt. Du wirst dafür bezahlt, um sie in den Hintern zu treten, nicht damit sie machen, was sie wollen. Sie haben euch überrollt."

„Es wird nicht wieder vorkommen." Ich schaute ihm in die Augen, ich meinte das so. Ich würde wahrscheinlich die Hälfte des nächsten Spiels in der Strafbox verbringen, aber sie würden bluten.

Der Coach starrte mich wütend an, um zu sehen, ob ich es auch so meinte. „Wenn nicht, dann werde ich jemanden finden, der wirklich Hockey spielen will und nicht nur auf dem Eis rumläuft." Mein Herz machte einen Sprung und dann fühlte ich eine Welle der Erniedrigung.

Als der Coach davonstürmte, wahrscheinlich um sich von Tom Lassiter die Leviten lesen zu lassen, kam Randall herüber und schlug mir auf die Schulter. „Das kommt vor", sagte er. „Ein wenig frische Muschi vernebelt das Gehirn. Wenn du dich entschieden hast, diese Frau zu heiraten, muss sie besonders sein, um dich jede Nacht auf Trab zu halten."

Ich schüttelte meinen Kopf und wusste nicht, wie ich darauf reagieren sollte.

Frische Muschi? Tatsächlich verwirrte Chloe mich auf verschiedenen Leveln, die nichts mit meinem Schwanz zu tun hatten. Randall hatte uns im Restaurant gesehen und war zum Schluss gekommen, dass ich sie fickte. Es war logisch. Er hatte mich damit beim Training geneckt. Jetzt wo wir die Verlobung bekannt gegeben hatten, war er froh. Noch mehr Groupies könnten sich auf ihn stürzen, jetzt wo ich „vom Markt war."

Als ich aus der Umkleide kam, fand ich Chloe wartend vor. Sie war ein heilender Anblick für meine wunden Augen, so wie ihr welliges blondes Haar auf ihre Schultern fiel.

Ich öffnete meine Arme und sie glitt hinein, eine perfekte Passform und ich erkannte, wie schön es war, sie hier zu haben und auf mich zu warten. Ihr Haar roch nach Kokosnuss und ich zog sie noch enger an mich. Als meine Mitspieler herauskamen und an uns vorbeigingen, lachten einige. Ich küsste sie. Es war mir egal, was sie in dem Moment über mich dachten. Meine Augen waren von Chloe vernebelt, ihr perfekter weiblicher Geruch und ihre schönen Kurven. Diese warmen weichen Lippen, die meine berührten und ein Zittern durch mich sandten, dass sexuell stark war, und noch mehr als das. Ich spürte eine Art Verbindung, die über Lust und Ficken hinaus ging. Glück erfüllte mich, wenn sie bei mir war.

Mit Chloe begann ich zu erkennen, dass ich nie eine echte Beziehung mit einer Frau vorher geführt hatte, dass ich nicht einmal wusste, wie sich das anfühlte. Eine vollständige Beziehung. Ich war nicht sicher, ob ich gewusst hatte, dass das möglich war. Es gab Frauen, die du kanntest und mit denen du Geschäfte machtest, dich sogar unterhalten hast, und dann gab es diejenigen, die du gefickt hast. Ich konnte das Gefühl nicht erahnen, dass ich eine Beziehung haben würde, wo es Sex gab, aber auch Gespräche und Freundschaft dazu kamen. Ich dachte, ich hätte eine Grenze mit Chloe überschritten, einer Frau, mit der ich Geschäfte machte, damit sie ihre Beine für mich breitmachte. Stattdessen waren die Grenzen verschwommen. Ich wollte sie, aber ich wollte auch bei ihr sein und wollte, dass sie sich um mich kümmerte, so wie sie es schauspielerte. Ich wollte es nicht nur für die Kameras ich wollte es in Echt.

Es war beunruhigend. Es war berauschend.

„Komm mit", sagte sie, ihre Stimme war sinnlich und süß, wie Honig. Sie führte mich hinaus in die Tiefgarage. Die übliche Menge der Frauen stand da und hängte sich an meine Mitspieler. Eine sah uns und rief, „du verdienst ihn nicht, du Hexe!" Chloe zuckte zusammen, sagte aber nichts. Ich bewunderte ihre würdevolle Art, bei diesen verrückten, eingefleischten Fans. Wir drängten uns durch die Menge, als die Limo kam. Der Fahrer sprang heraus und öffnete uns die Tür. Ich fühlte einen neuen Überfall an sexueller Energie, während ich ihre nackten Beine anstarrte. Ihr Rock schob sich hoch, als sie sich hinsetzte, und ließ meine Finger vor Verlangen zittern.

Ich erkannte, dass der Schmerz in mir Sehnsucht war.

Der Fahrer machte die Tür zu und Chloe drehte sich um und küsste mich. Frauen schlugen wütend an die Fenster. „Sie wollen nicht, dass du vom Markt genommen wirst", sagte sie.

Ich hörte ihre Worte und beobachtete diese schönen Lippen, die sie formten und ich begann zu glauben, dass es mir vielleicht gefiel, vom Markt genommen zu werden – von dieser Frau. Ich wusste es natürlich nicht, aber ich hatte eine Ahnung, dass sie mich zufriedenstellen konnte, anders als jede andere Frau, die ich je gekannt hatte. Das war der längste Zeitraum in meinem Leben, an dem ich Interesse an einer Frau hatte, und ich war noch nicht gelangweilt.

Ihr Handy klingelte und sie ging ran. Sie drückte einen Knopf. „Blake und ich sind in einer Limousine, Ralph. Ich stelle dich mal auf laut."

„Es sieht so aus, als wenn der Plan in die richtige Richtung geht", sagte er. „Heute Morgen habe ich einen Anruf von einer Agentur bekommen, die sich um die Vertragsabschlüsse kümmert … Ich hatte schon mit ihnen gesprochen und sie haben ein paar interessierte Firmen. Er wollte die Dinge nicht drängen, weil ein größerer Fisch vielleicht auch interessiert sein wird. Und natürlich Blake, heißt das, dass du dich zusammenreißen und Hockey spielen musst."

„Ja", sagte ich. „Ich habe die Abreibung schon vom Coach bekommen." Ich rollte mit den Augen.

„Denke daran, dass jeder Vertragsabschluss davon

abhängt, ob dein Vertrag verlängert wird und so wie Tom Lassiter mir ins Ohr geschrien hat, denkt er nicht gerade gut von dir im Moment."

Ich spürte den Drang, mich zu verteidigen. Ich spielte immer gut. Ich hatte einen schlechten Tag und fühlte mich, als wenn ich den Haien vorgeworfen wurde. „Jeder hat mal einen Tag, wo …"

„Anfänger, nicht mein Freund - nicht während der Play-offs."

„Ich werde morgen alles geben", versprach ich und meinte das auch so.

„Gut. Denke daran, wenn du die treibende Kraft während der Play-offs bist, dann wird der neue Vertrag mehr als einen hohen Scheck enthalten. Du musst dieses Spiel noch ein wenig weiterspielen und dann kannst du wieder das Arschloch sein, was du früher warst. Mach das für dich selbst, mach es für mich."

„Ich werde mein Spiel spielen."

Chloe steckte das Handy in ihrer Tasche. Ich schaute zu ihr herüber. Sie schien distanziert. Sie war wie ein Lichtschalter, der an und ausging. Das Auto war losgefahren und die Menge war lange weg. Damit auch die Kameras, die Reporter, die Fans. Ich bekam Angst, dass mein falsches Leben für mich wichtiger war, als mein echtes Leben − und dass es in nichts Weiterem als in einem völligen Desaster enden würde.

„Was ist los?", fragte ich sie, aber sie drehte ihr Gesicht weg und starrte hinaus. Ich lehnte mich zurück und spürte die frostige Stille und fragte mich, was sie so sehr aufgeregt hatte.

„Ich werde nächste Woche gut spielen", sagte ich wieder und fühlte mich krank. Es war, als ob ich gegen eine Wand sprechen würde.

lake

Ihre Limousine fuhr uns zu mir nach Hause. Den ganzen Weg bemerkte ich einen ganzen Schwarm von Autos um uns herum.

„Ich frage mich, warum es so viel Verkehr gibt?"

„Reporter", antwortete sie kurz. „Sie wollen jetzt Blut sehen."

„Warum? Hat sich etwas verändert?" Ich fühlte ein nervöses Zittern in mir. Ich hasste es, über Dinge im Unklaren gelassen zu werden.

„Ich sage es dir drinnen."

Ich machte die Tür auf und als wir hineingingen, schloss sie die Vorhänge und frustrierte die Reporter, die es geschafft hatten, eine Stelle zu finden, die ihnen eine Sicht nach drinnen gab. „Was zum Teufel ist los mit dir?", fragte sie. Ich konnte die gedämpften Geräusche der Reporter draußen hören.

Ich schaute sie an, studierte ihr Gesicht, das wütend aussah und ich hatte keine Ahnung, woher das kam. „Was mit mir los ist? Worüber zum Teufel redest du?"

„Der Grund, warum mehr Reporter da draußen sind, als vorher, ist, dass sie den Grund suchen, warum Blake Collins sich plötzlich nicht mehr auf sein Spiel konzentrieren kann." Sie warf verzweifelt die Hände hoch. „Du bist ein Gott auf dem Eis, Blake. Was ist los mit dir?"

Ich zuckte zusammen. Ich hatte keine Ahnung, aber ich war mir ziemlich sicher, dass ich auf den Grund dafür starrte. Zum ersten Mal in meinem Leben wollte ich etwas mehr, als ich Hockey spielen wollte.

„Ralph hatte recht. Tom war wütend. Die Art, wie du gespielt hast, war nicht das, was das Publikum oder das Team von dir sehen wollte. Du warst nicht mit dem Herzen dabei."

Er zuckte zusammen. „Ich habe ganz okay gespielt, es war nicht perfekt, aber es war auch nicht scheiße." Es war mir egal, wie sie mich bestrafte. Sie hatte keine Ahnung, wie das da draußen war.

„Das bist doch nicht du Blake." War das ein Kompliment? Von der Eiskönigin? Die Frau, die es kaum schaffte, mich anzusehen? Das machte mich aufmerksam. „Das Problem ist, das du das Spiel hättest gewinnen sollen."

So sehr ich diesen Moment auch hasste, in dem sie wie ein kleines Kind mit mir sprach, wusste ich, dass sie recht hatte und das schmerzte. Winnipeg hatte nicht ihr bestes Spiel gespielt und wir hatten mehrere Chancen zu gewinnen, aber wir hatten es stattdessen verbockt. Ich hatte es verbockt. „Keine Sorge. Ich mache das wieder gut."

„Das machst du besser. Du kämpfst bereits darum, deinen Vertrag erneuert zu bekommen. Und die

Vertragsabschlüsse hängen davon ab, ob du ein Spitzenspiel spielst. Es macht keinen Sinn dein Image zu verbessern, wenn dein Spiel den Bach runtergeht. Ich versuche dir zu *helfen*, Blake aber du musst schon ein wenig mitmachen."

Ich setzte mich auf die Couch und beobachtete, wie sie Haltung annahm. Sie war verärgert, aber ich glaubte nicht, dass das wegen des Hockeyspiels war. Nicht allein deswegen. Ich wusste nicht, ob ich sie ihm Stich gelassen hatte. Ich wollte sie nicht enttäuschen. Warum ich mich um ihre Meinung sorgte, ich hatte keine Ahnung oder doch. Doch die hatte ich.

„Naja, niemand kann immer hundert Prozent geben." Ich fühlte immer noch das Bedürfnis, mich ein wenig zu verteidigen. Ich war nicht der einzige verdammte Spieler im Team. Ich konnte nicht alle mitreißen. Es war nicht meine Aufgabe, auf meine Teammitglieder aufzupassen.

Sie warf mir ein dünnes Lächeln zu. „Sie werden glauben, dass du deinen Verstand verloren hast. Das deine Verliebtheit dich verändert hat."

„Jetzt bin ich also verliebt und habe meinen Verstand verloren?", spottete ich.

„Das ist, was sie glauben werden."

„Ich glaube, ich muss zwei verschiedene Personen in einer sein. Das ist scheiße schwer." Ich wollte sagen, dass sie keine Ahnung hatte, weil sie gefühllos schien, aber ich biss mir auf die Zunge.

„Zwei Personen?"

„Ich war dieser schlimme Finger, der auf dem Eis allen in den Arsch trat und jetzt soll ich dieser normale Mann sein, mit einer Verlobten? Was kommt als Nächstes? Zwei Kinder und ein Hund? Ich versuche mich da hineinzuversetzen, aber das geht nicht in meinem Kopf. Ich kann nicht einfach vor und zurückschalten. Lass mir ein wenig Spielraum." Ich ließ ein frustriertes Schnauben hören.

„Du machst die Dinge kompliziert, Blake."

„Wie?"

„Niemand will, dass du nicht mehr der Bad Boy bist."

„Sondern? Ihr sagt mir doch, ich soll mich benehmen, mitmachen oder ich verliere alles. Jetzt sitze ich tief in der Scheiße, weil ich das gemacht habe."

„Der Bad Boy muss bleiben. Alles, was sie wollen ist, dass du dich nicht mehr herumschläfst."

"Ist das nicht das, was Bad Boys tun? Wie soll ich noch den Teil des Bad Boys spielen? Niemand wird glauben, dass eine Frau lange bei so einem Typen bleibt."

Sie holte tief Luft. „Was wir verkaufen, ist der Gedanke, dass du ein Mädchen gefunden hast, eine die sich das nicht gefallen lässt, deswegen konzentrierst du dich auf sie."

Ich grinste sie an. Ich dachte, ich verstand endlich, was sie sagte. "Es wäre also in Ordnung, wenn ich da rausgehe und die Reporter fertigmache?"

„Natürlich. Wenn du es so aussehen lässt, als wenn du wütend darüber wärst, dass sie unsere private Zeit verschwenden."

Ich warf ihr einen bedeutungsvollen Blick zu. Mir gefiel die Art genauso wenig wie ihr, wie die Dinge liefen. Ich hatte mich nicht auf das Spiel konzentrieren können und das nervte. Ich brauchte Aufklärung. Es war Zeit die Karten auf den Tisch zu legen. „Und was ist mit dir?"

„Was soll mit mir sein?"

„Wenn ich immer noch schlimm sein soll, einer der sich unter Kontrolle hat, warum testest du mich dann?"

„Dich testen?"

„Du willst sehen, ob ich auf dich anspringe. Du liebst es diese Nachricht zu vermitteln, dass ich mich besser benehmen soll – deine Worte."

Sie sah alarmiert aus. "Natürlich. Es ging um dein öffentliches Image."

„Dann warum diese Spiele im Privaten?" Ich versuchte sie dahinzubringen, ihre eigenen Fehler zuzugeben.

Sie sah überrascht aus. „Blake, alles was ich getan habe, ist dir zu helfen, deinen Vertrag zu verlängern und die Verträge zum Abschluss zu bringen. Ich versuche hier mir mein monatliches Gehalt zu verdienen", sagte sie so ausdruckslos, als wenn ihr dies hier nichts bedeuten würde, außer die Dollars.

„Blödsinn. Du protzt mit deinem Körper, kuschelst dich an mich und bringst es zu einem Punkt wo ich … du hast versucht mich dazu zu bringen, die Kontrolle zu verlieren, damit du den Bossen sagen kannst, dass ich dein Spiel nicht mitspiele."

Sie schluckte. „Überhaupt nicht. Es ist ihnen egal, was du privat machst."

Ich konnte sehen, dass ich sie verunsichert hatte, was mir ein wenig Macht über die Situation zurückgab, die ich ausnutzte. „Dann erkläre mir all diesen Scheiß, wo du so tust, als fühlst du dich von mir angezogen, dass du mich willst. Oder tust du nur so, als wenn meiner falschen Verlobten Bad Boys gefallen würden?"

„Was? Das hat doch damit nichts zu tun … Blake, glaubst du wirklich, dass das irgendeine Art blöder Test war?"

Ich lächelte. „Endlich verstehst du es. Das ist genau, was ich denke – du hast dich entschieden, dass ich dafür zahlen muss, weil du diese Rolle spielen musst. Du hast entschieden mich zu bestrafen, indem du mich verrückt machst, mit der Art, wie du dich gibst. Dann bekommst du, was du willst, aber wenn ich was will -... pass auf. Da gibt es eine Bedingung." Sie hatte ihr Pokerface jetzt verloren. Ich hatte gewonnen, aber irgendwie fühlte es sich trotzdem scheiße an.

KAPITEL 13

 hloe

Ich schaute Blake ungläubig und bestürzt an. Wie konnte der Mann nicht bemerken, was ich für ihn fühlte? War er wirklich so blind, dass er, wenn ich mich auf ihn warf, dachte, ich würde ihn testen? „Du bist ein totaler Idiot, Blake Collins". Ich spie es frustriert aus bei seinem Mangel an mentaler Empfängnis.

„Dann erkläre es." Seine Augen loderten.

„Du glaubst, in der einen Nacht ging es nur um deine Karriere?"

„Was sonst?" Er zuckte mit den Schultern.

Ich drückte ihn an die Wand und sah seine Augen sich weiten, als ich sein Gesicht zu mir zog und ihn küsste. Sein Aftershave roch wunderbar. Seine Lippen waren weich und genießbar. „Ich will dich, du blöder Bastard. Ich bin dir entgegengekommen und du … du hast zu früh aufgehört."

Er zögerte einen Augenblick lang – ein Zwinkern, das ewig zu dauern schien, während ich darauf wartete, dass er etwas sagte oder sich zumindest bewegte. Ich hielt meinen Atem an und dann griff er mich. „Du bist so was von heiß", sagte er und dann küsste er mich zurück, mit mehr Leidenschaft und Verzweiflung als vorher. Es war ein rauer, leidenschaftlicher Kuss, der eine Welle durch mich sandte und den ich anregend fand.

Ich wollte ein Tier und es schien, dass ich eins gefangen hatte, denn er riss an meinem Kleid. Knöpfe flogen davon und seine Hände fühlten sich heiß an meinen Brüsten an. Er beugte seinen Kopf nach unten und saugte einen Nippel in seinen Mund und ein lustvolles Stöhnen entglitt meinen Lippen. Er schob mein Kleid zur Hüfte hoch und zog an meinem Höschen und zog es nach unten. Ich ließ es bis zu meinen Knöcheln fallen und stieg dann hinaus.

Er öffnete seine Hose und brachte seinen harten Schwanz heraus. Ich keuchte bei dem tollen Anblick davon. Er war steif und ich spürte die Hitze davon auf meinen nackten Schenkel brennen. Er presste sich gegen mich und neckte mich mit Nichtbeachtung. Dann zog er ein Kondom aus seiner Hose und öffnete es mit seinen Zähnen, seine Augen waren wild und funkelten. Dann zog er das Kondom über. Meine Augen waren auf seinen großen, massiv pulsierenden Schaft fixiert und ich wollte ihn noch mehr als vorher.

Plötzlich nahm er meine Beine hoch. Ich quietschte spielerisch. Meine Heels fielen herunter, als er meine Beine über seine starken Arme legte, und mich an die Wand drückte. Meine Atmung war so schnell wie mein Herzschlag, schnell und verzweifelt. Er küsste mich wieder und ich spürte seinen Schwanz an meinen Schamlippen, was mir ein prickelndes Vergnügen bereitete. Er fummelte für eine Sekunde und führte ihn mit seiner rechten Hand ein, dann stöhnte er und rammte es in mich hinein. Ich schrie vor Begeisterung und des Gefühls seines harten Schwanz, der endlich in mir war „Oh, Scheiße!", schrie ich.

Er rammte in mich hinein, hielt mich dabei gegen diese verdammte Wand und nahm mich mit seiner harten Länge. Ich konnte es nicht glauben, wie er mich füllte. Seine Hände waren gegen die Wand gepresst, als er in mich rein und rausstieß.

„Gott, was für eine tolle, wunderbare, enge Muschi", stöhnte er in mein Ohr, als er sich in mir vergrub und meinen Nacken mit Küssen bedeckte.

Ich umschlang ihn mit meinen Fersen und zog ihn tief in meinen Schoß. Meine Finger hatten seinen Nacken umschlossen, während mein Bad Boy mich halb ausgezogen in seinem Wohnzimmer nahm und ich liebte es. Er griff in mein Haar und zog daran und ließ mich wieder vor Ekstase schreien. Ich liebte die Mischung aus Lust und Schmerz.

Mit Blake zu ficken war besser, als ich mir vorgestellt hatte. Es war unglaublich; es war alles, was ich vermisst hatte. Sein heißer Schwanz bewegte sich magisch in mir und plötzlich verlor ich die Kontrolle, ich baumelte am Abgrund eines Orgasmus. Und dann gerade, als er mich wieder küsste, seinen Mund auf meinen presste und seine Zunge in meinen Mund steckte, um ihn zu erforschen und sein Schwanz gleichzeitig meine Muschi übernahm, kam ich.

Mein Körper verkrampfte sich vor lauter Vergnügen.

„Scheiße", stöhnte er und ich wusste, dass das Zusammenziehen meiner Muskeln seinen Schwanz massierte, sein Gesicht schimmerte vor Schweiß und ich war verzückt, als sein Schwanz in mir pochte, als er kam.

Als er fertig war, hielten wir uns eine Weile fest und atmeten schwer, als wir uns von unseren Orgasmen erholen. Ich hatte Angst mich zu bewegen, um den Moment nicht zu zerstören. Und dann endlich glitt er aus mir heraus und ich stellte meine Füße wieder auf den Boden.

Er starrte mich mit einer Mischung aus gesättigter Befriedung und Unglauben an. Ich kannte den Blick. Es war genau das, was ich fühlte.

lake

Ich konnte nicht glauben, was passiert war; Es schien, als ob die Welt sich schnell und langsam zugleich drehte. Alles war in einem verrückten Wirbel der Leidenschaft und verrückten Gefühlen verschwommen, denen wir endlich nachgegeben und die uns übermannt hatten. Sie hatte mich endlich darum gebeten, sie zu ficken. Das hatte ich gewollt. Naja, nicht genau. Sie hatte mich nicht angebettelt sie zu nehmen, sie hatte es gefordert. Obwohl sie klargestellt hatte, dass sie wollte, dass ich sie fickte, war es auf jeden Fall nicht unterwürfig gewesen.

Dennoch war es intensiv und sinnlich gewesen und ich wollte mehr. Ich wollte sie.

Sie zog ihr Kleid aus und ließ es auf den Boden fallen und zeigte mir diesen wunderschönen Körper. Ich konnte mich nicht erinnern, je eine schönere Frau gesehen zu haben. Sie war nicht schüchtern oder zurückhaltend. Sie sah mich direkt mit ihren stechenden Augen an, die mich so verrückt machten und die mir sagten, dass sie ebenfalls mehr wollte. Aber ich konnte den Gedanken nicht abschütteln, es könnte vielleicht auch eine Herausforderung sein und dass sie wollte, dass ich merkte, wie ich ihr nicht widerstehen konnte und sie die Oberhand hatte.

Ich hatte kein Interesse daran, ihr zu widerstehen. Nach dem ficken an der Wand gab es keinen Sinn mehr darin. Ich war dennoch argwöhnisch ihren Gründen gegenüber und wollte bei meinem Spiel bleiben. Es war schwer zu glauben, dass sie nur einen harten Fick wollte, aber wenn sie dachte, dass meine Begierde eine Schwäche war, wenn sie dachte, der Anblick ihres Körpers würde mich so verrückt machen, dass sie die Kontrolle behielt, dann würde ich ihr zeigen, wie falsch sie dachte. Ich hatte sie gewollt und ich wollte sie immer noch, aber nicht zu ihren Bedingungen. Ich würde sie nehmen und sie sinnlos ficken. Sie hatte klargemacht, dass ich sie haben konnte und ich wollte sie vögeln, bis sie wusste, wer hier der Boss war, wer die Oberhand in dem Spiel der Begierde behielt.

Ich nahm einen tiefen Atemzug, um meinen Kopf freizubekommen. Das war jetzt mein Gebiet, Heimateis. Ich sah, wie sie zur Wet Bar ging und sich einen Drink eingoss, dann drehte sie sich wieder um und schaute mich wieder an, trank, während sie immer noch nackt war. Ich nahm ihren Anblick in mich auf, ließ meinen Blick über diese straffen Brüste und die delikaten Kurven gleiten. Sie war verführerisch und lockte mich schon wieder. Sie forderte mich heraus, wartete um zu sehen, ob ich meinen Schritt machte.

Ich zog mein Shirt aus und warf es auf die Couch. Ihre Augen bewegten sich nicht. Ihr Necken hatte seine

Arbeit getan und ich war bereits wieder hart – meine Erektion ragte trotzig hervor, und ihre Augen wanderten dorthin und blieben daran hängen, als ich meine Schuhe wegstieß und dann meine Socken und Hosen auszog.

Ich stand vor ihr, nackt und erregt, mein Schwanz deutete in den Himmel. Sie trank ihren Drink, als ich auf sie zuging. „Ich will auch was davon", sagte ich.

Sie nickte und zwinkerte mir zu. Sie drehte sich um, nahm ein Glas und schenkte mir einen Drink ein.

„Nicht das", sagte ich. Meine Stimme war rau vor Begehren. Die Art wie ihr nackter Körper mich erregte war überraschend und wunderbar. Ihre frechen Brüste ließen meinen Mund wässrig werden, ihre perfekte Haut ließ mich mit meinen Händen immer wieder darüberfahren wollen.

Ein fragender Blick lag auf ihrem Gesicht. „Dann eher Vodka?"

Ich legte meine Hand auf ihren nackten Hintern und drückte und fühlte, wie sie sich versteifte. „Nein. Ich will mehr davon." Ich schnüffelte an ihrem Nacken und sah, wie sie schluckte. Das machte mich noch mehr an, ihre Unsicherheit zu sehen. Genauso schnell hatte ich wieder die Kontrolle über die Situation. Wenn sie sich fragte, welche Art von Leidenschaft sie aufgedeckt hatte, dann würde sie es jetzt herausfinden.

Ich trat hinter sie und umschlang sanft ihre straffen Brüste von hinten. Ich zog sie an meine Brust und mein Schwanz streifte ihren Hintern und entlang ihrer Hüfte. Ein Seufzen entwich ihren Lippen und sie stellte ihr Glas auf den Tisch. Ihre Hand hob sich zu meinem Gesicht und sie streichelte meine Wange.

Trotz ihrer vorherigen Forderung sie zu ficken, trotz des Striptease, den sie gemacht hatte, hatte ich halben Protest erwartet. Sie zu nehmen, wenn sie die Grenze überschritten hatte und dann versuchte, mich zu kontrollieren wäre schon fast so gut wie wenn sie mich anbetteln würde wieder gefickt zu werden.

Aber es gab keinen Protest. Zu meiner Überraschung rieb sie ihren runden Po an mir und schnurrte praktisch. Sogar als ich meine Hände an ihrem Körper entlangfahren ließ und sie zwischen ihre Schenkel steckte, stöhnte sie nur leise und rieb sich erotisch an mir. Mein Schwanz pulsierte vor Lust, wieder in ihren, engen, nassen und warmen Kern zu kommen. Die feuchte Hitze ihrer Muschi hieß meine Finger willkommen und ich wackelte damit herum und kitzelte ihre Klit.

„Ich werde dich ficken, Chloe", sagte ich. „Noch einmal."

„Ja", sagte sie, ihre Stimme war sanft und ich hörte ein Zeichen von Betteln darin.

„Ich werde dich ficken, bis du dich nicht mehr bewegen kannst. Ich werde so tief in dich gehen, dass du mich nie mehr hinausbekommst." Ich griff nach einer weiteren Kondompackung und riss sie auf und legte das Kondom in ihre Hand. „Zieh es mir über", ich lächelte und freute mich ihr Befehle zu erteilen. „Ich will, dass du dich hinkniest und es mir auf den Schwanz ziehst."

Sie legte ihre Hand darüber und drehte sich dann um und schaute mich an, zögerte eine Sekunde, ehe sie auf die Knie ging und ich die schöne Berührung ihrer Finger auf mir spürte und sie das Kondom über meinen geschwollenen Schwanz rollte. Sie starrte mich fragend an und ich nahm ihre Arme und zog sie auf die Beine und in meine Arme. Sie war leicht und zerbrechlich; ihre Hand fuhr über meine Brust, eine Liebkosung, während ich sie in mein Schlafzimmer trug und aufs Bett legte. Begierde lag in ihren Augen, als sie mich ansah und ich aufs Bett krabbelte und dabei eines ihrer Beine über meine Schulter legte.

„Ich werde dich langsam nehmen", sagte ich ihr. Ich wollte dieses Mal langsam und sanft beginnen. Ich sehnte mich nach ihrem Körper, wollte dass dieser Augenblick ewig anhielt. Ihre Lippen teilten sich und ihre Zunge fuhr darüber. „Mach deine Beine für mich breit", sagte ich. „Spreize deine Muschi mit deinen Fingern."

Ihre Pupillen weiteten sich und ihre Hand bewegte sich langsam, um das auszuführen, was ich ihr befohlen hatte. Sie spreizte ihre Schamlippen und zeigte mir das rosa Fleisch ihrer Muschi.

Ich wollte nichts weiter als meinen Schwanz in sie rammen, meinen pochenden Schwanz in ihr vergraben und sie hart ficken, aber das würde besonders werden – ein langsamer überwältigender Fick. Ich würde die ganze Welt ausschließen, bis nur noch wir beide übrig waren. Zu sehen wie mein Schwanz sich zwischen ihren schlanken Fingern und in der süßen, nassen Muschi bewegte, ließ mein Herz pochen. Die einhüllende Wärme liebkoste mich und sie drückte ihren Rücken durch als ich sie in einem süßen, langsamen Stoß nahm, der nicht aufhörte, bis mein Körper sich gegen diese hochgestellte Hüfte drückte. Ihr Mund war offen, als ich den Vorgang umkehrte und ihn langsam herauszog. Mein Schwanz drängte mich dazu mit Absicht für einen schnellen Orgasmus zuzustoßen, aber ich wollte das so lange herauszögern, wie ich konnte.

Sie wand sich wunderbar, während ich sie langsam fickte.

„Fick mich hart", sagte sie, aber ich rieb meine Hüften weiter quälend langsam an ihr. In dieser Position konnte ich sehen, wie mein Schwanz sie besaß, wie er diese schöne Muschi füllte. Ich konnte ihre Muskeln spüren, als sie versuchte sie in Gang zu setzen, um mich so sehr zu erregen, dass ich die Kontrolle verlieren würde. Nach ein wenig Zeit hörte ich das Geräusch ihres Atems, der schneller wurde und ich wusste, dass sie kurz davor war zu kommen. Das würde perfekt werden, ich spürte, wie sie ihren Orgasmus ritt.

Sie keuchte, schloss die Augen und zitterte, wieder einmal drückte sie den Rücken durch. Das war besser, als ich es mir vorgestellt hatte. Ihr Gesicht war verzerrt vor Verzückung und sie bäumte ihre Hüfte, um den Schwanz noch mehr in sich aufzunehmen. Meine Hand glitt zu ihrer Muschi und rieb über ihre Klit und sie stöhnte. Als ihre Augen wieder aufgingen, zog ich meinen Schwanz aus ihr heraus, legte mich zwischen ihre Beine hob sie hoch und stützte meine Brust darauf und legte meinen Körper auf ihren. Ich steckte meinen Schwanz in ihre Muschi und füllte sie damit, stieß tief hinein. Ich begann, sie wie verrückt zu ficken. Ihre Nägel krallten sich in meine Arme und sie stöhnte immer wieder „Ja" während ich so hart zustieß, wie ich nur konnte. Ihre Titten hüpften hoch und runter bei der Bewegung.

Zu schnell explodierte ich und schoss mein Sperma in sie.

Als ich von ihr wegrollte, wischte sie mit ihrer Hand über mein verschwitztes Gesicht, dann küsste sie mich. Ich lag da, erschöpft und für den Moment befriedigt.

Wir lagen nebeneinander in einer Hitze von erfüllter Leidenschaft, mein Körper fühlte sich wie Wackelpudding von den zwei Orgasmen an. Sie rieb meinen Rücken, ihre Fingerspitzen kratzten über meine Haut. Es sandte eine Gänsehaut über meinen Körper. Ich liebte es, wie unsere Körper sich ineinander verschlungen hatten. Nach einer Zeit wurden meine Augenlieder so schwer, dass ich dem Schlaf nachgab. Ich wachte mit getrocknetem Schweiß am Körper und Sperma an meiner Hüfte auf. Chloe schlief auf ihrer Seite und ich beobachtete sie im dunklen Zimmer.

Es gab genug Licht, sodass ich ihre Umrisse ausmachen konnte und die Hitze ihres Körpers spüren konnte. Es war schon fast, als wenn ich sie wieder ficken wollte, damit ich glauben konnte, dass das echt war, dass wir es vorhin getan hatten und es kein Traum gewesen war.

Ihr Atem war fast nicht wahrnehmbar, aber als ich sie berührte und meine Hand auf den attraktiven Hügel ihrer Brüste legte, keuchte sie. Ihre Hand bewegte sich in meine Richtung, berührten meinen Schwanz und dann umfassten ihre Finger ihn. „Er ist so weich und wird hart", flüsterte sie. Es hörte sich so erotisch im Dunkeln an, in meinem Bett. Sie streichelte ihn sanft. Als er steif war, griff sie in der Nachtkommode nach einem Kondom und zog es mir über. Ich zitterte bei ihrer zarten Berührung, wie es sich anfühlte, als sie es überrollte. Dann beugte sie ihr Gesicht herunter um ihn zu küssen, ehe sie sich wieder ausstreckte.

„Bitte fick mich noch einmal", sagte sie. Ich konnte ihr Gesicht im Dunkeln nicht sehen, aber ich konnte ihre Sehnsucht spüren.

Ihre Stimme war weich und gedämpft. Sie sagte genau die Wörter, die ich hatte hören wollen, aber was sie ausdrückte, war etwas anderes. Sie bettelte darum, bettelte darum von mir gefickt zu werden, aber es gab keinen Widerstand in ihrer Stimme.

Und jetzt wollte ich auch keinen Widerstand. Ich wollte nur, dass sie mehr wollte, dass sie mich wollte.

Ich ließ meine Hand an ihrer Brust über die weiche Kurve ihres Bauches herunterfahren. Sie nahm mein Handgelenk und legte meine Hand auf ihre Muschi. Meine Finger spielten in der feuchten Wärme, dann rollte ich sie auf ihre Seite, und schaute mich an. Ich kam näher und sie hob ihr Bein, um meinen pochenden Schwanz von hinten zwischen ihre geschwollenen Lippen gleiten zu lassen. Ich legte ihren Fuß hinter meine Beine. Meine Lippen schmeckten ihren Nacken und meine Hand liebkoste eine Brust.

„Steck ihn rein", sagte ich und hielt meinen Atem an, als ihre Fingerspitzen den Kopf meines Schwanzes berührten und ihn zwischen ihre Schamlippen steckten. Ich zog meine Hüfte leicht zurück, und als ich die Wärme ihres sanften Fleisches fühlte, drücke ich wieder vorwärts und genoss das Seufzen, das von ihren Lippen kam, als mein Schwanz in sie eindrang.

Wir wiegten uns zusammen und die Muskeln in ihr übten ihre Magie auf mich aus. Ich ließ meine Hand an ihrer Muschi heruntergleiten, um sie zu reiben, während ich in sie stieß und mit ihrem schnellen Atmen belohnt wurde. Ich war mir nicht sicher, wie lange es dauern würde, bis wir beide kommen würden.

„Komm für mich", flüsterte sie. „Ich will, dass du kommst."

Ihre Worte waren das, was mir noch fehlte und ich schrie auf, als ich kam und mein Sperma in das Kondom in ihr schoss.

Ich hätte danach wieder schlafen können, alles war so verschwommen. Ich hatte bekommen, was ich wollte. Ich war sexuell befriedigt, aber jetzt hatten die Ziele sich verändert. Ich wollte nur sie und es war mir sogar egal, was sonst noch passierte.

Die Art des Denkens war gefährlich. Aber neben ihr im Bett zu liegen, ließ alles andere in meinen Gedanken verschwinden, die Play-offs, die Sponsorship-Verträge, die Fans, die Partys …alles davon. Es gab nur Chloe, ihre weiche Haut, die sich gegen meine drückte, die Art wie sie roch, die sanften Geräusche die sie machte, als sie sich näherte – als wenn ich kein Arschloch wäre, der das nicht verdiente. Zum ersten Mal seit Jahren war das Summen in meiner Brust, die widerhallende Leere, die mich trieb, gefüllt. Von ihr.

„Du wirst mich ruinieren", flüsterte ich in ihr Ohr.

Sie murmelte etwas und ich zog meinen Arm enger an ihre Brust, als ob sie meine persönliche Decke wäre. Ich wusste, dass sie schlief und das machte diese unbewusste Handlung noch liebenswürdiger. Ich musste ihr bald die Wahrheit sagen. Ich wollte, dass sie wusste, dass ich dieses Spiel nicht mehr spielen wollte, dass sobald die Verträge unterschrieben waren, ich wollte, dass sie den Ring auf ihrem Finger behielt. Wir würden ein Datum festlegen und in Wirklichkeit heiraten. Das war, was ich wollte – sie, meine Chloe.

Ich schlief ein wenig und wachte auf, als sie meine Wange küsste. Sie war angezogen. „Ich gehe jetzt. Du musst dich auf das Spiel vorbereiten. Ich sehe dich danach. Mach sie fertig da draußen, Bad Boy."

Ich wollte ihr sagen, dass sie bleiben sollte, um wieder ins Bett zu gehen, dass ich noch nicht bereit war, dass sie ging, aber sie war wieder beim Skript – es war, als wenn wir uns nicht unsere Gehirne in einer wunderbaren leidenschaftlichen Nacht herausgevögelt hätten.

Später würde ich ihr alles erklären, ihr sagen, wie viel sie mir bedeutete. Ich würde ihr erklären, dass die Dinge von jetzt an anders sein würden.

Aber für jetzt hatte sie recht. Ich musste schlafen. Ich musste bereit für das Spiel sein. Ich musste mich zusammenreißen und sie fertigmachen.

KAPITEL 15

hloe

Es war ein Fehler gewesen, ein großer wahrscheinlich kolossaler Fehler Sex mit Blake Collins zu haben. Erst recht *drei Mal* mit ihm Sex zu haben. Als ich ging, lächelte er mir zu. Es war ein zufriedenes Lächeln, zufrieden mit sich selbst, das mich glauben ließ, dass ich es vergeigt hatte und jetzt hatte er gewonnen oder so. Ich schüttelte meinen Kopf und schaute frustriert die Wand an.

Ich hatte ihn mich nehmen lassen und das war das, hinter dem er von Anfang her gewesen war. Deswegen hatte er mich doch gefragt, ob ich die Verlobte spielen würde. Er hatte versucht mich ins Bett zu bekommen, mir zu zeigen, dass ich ihm nicht widerstehen konnte. Ich war eine bescheuerte Idiotin, dass ich auf seine Tricks reingefallen war. Ich war kein Fan des Selbsthasses, aber ich würde mich mental dafür selber in den Arsch treten.

Das er von Anfang an recht gehabt hatte, machte es nur noch viel schlimmer. Jetzt wo ich getan hatte, was er wollte, jetzt wo ich mich ihm hingegeben hatte und noch schlimmer, ihn sehen lassen hatte, wie sehr ich das wollte, war es vorbei. Er würde vielleicht öffentlich mitspielen, aber privat wollte er, dass ich anerkannte, dass der Bad Boy jede Frau bekommen konnte, die er wollte, inklusive mich.

Und ich konnte ihm nicht ausweichen. Jetzt musste ich noch mehr als vorher vor den Kameras präsent sein. Selbst wenn ich mich am liebsten in einem Loch verstecken und aufgeben wollte. Spiel zwei der Play-offs kam und ich musste eine Rolle spielen – die treue Verlobte jubelte ihrem Helden beim Sieg zu.

Ich ging nach Hause und holte meinen Laptop raus, um etwas zu arbeiten, ich konzentrierte mich auf normale Dinge, die meine Gedanken von dem Sex mit Blake - der unglaublich gewesen war - ablenken würden. Ich hatte zweifellos jede Sekunde davon genossen. Ich war noch nie so mächtig gewesen – ich war noch nie zweimal bei einem Mann in einer Nacht gekommen. Meine Gedanken gingen zurück zu diesen Erinnerungen. Mein Geist ging zurück zu diesem nackten Körper über mir, schwitzend und hart. Und es war mehr als einfacher Sex. Mit ihm zusammen zu sein hatte mich besser als je zuvor fühlen lassen, ich hatte sexuelles Selbstbewusstsein, das ich bis jetzt nicht gekannt hatte. Zu wissen, dass er mich wollte, war ein Nervenkitzel gewesen. Ich hatte den Hockeystar angemacht, den sexy Bad Boy und ich war stolz auf die Tatsache. Jetzt wo er mich willig gemacht hatte, war ich gefangen von meinem eigenen Begehren, weil ich *wollte,* dass er meinen Körper als sein Sexspielzeug benutzte. Wenn ich zuließ, dass er mich wieder fickte, dann würde er denken, er besäße mich, wenn ich es nicht tat, würde er kalt lachen, weil er bereits bekommen hatte, was er wollte und der Gedanke ließ mich zusammenzucken.

Das Handy klingelte und ich war froh um die Ablenkung. Es war Ralph Dodge.

„Dein Plan funktioniert", sagte er. „Natürlich muss er sein Spiel wieder auf die Reihe kriegen, aber die Vertragsabschlüsse sind schon fast in trockenen Tüchern, wenn er seinen Vertrag erneuert bekommt."

Ich seufzte erleichtert. „Wunderbar. Wie läuft dieser Teil?"

„Ich habe mit Tom gesprochen und er ist froh über das Image. Wenn Blake sein Spiel wieder in Ordnung bringt, können wir sicher sein, dass er den Vertrag erneuert. Je besser er spielt, umso besser ist das Angebot, das Tom machen wird. Solange das Spiel heute gut geht, will er es sowieso gleich verlängert. In dem Fall können wir das PR-Spiel schon früher abblasen."

Ich wusste, dass das eine Erleichterung für Ralph sein würde. Diese Verträge waren schließlich der Sinn dieses ganzen Theaters. Ich wusste, ich hätte glücklich sein sollen … erleichtert sogar.

Mein Plan funktionierte, alles war so, wie ich es beabsichtigt hatte. Ich hatte Blake in Zaum gehalten und die Angebote würden bald auf dem Tisch liegen. Er konnte die Verträge unterzeichnen, dann würden wir uns trennen. „Das ist toll Ralph. Lass es mich Blake erzählen – nach dem Spiel."

„Gute Idee", erwiderte er.

Der Gedanke ließ meinen Magen sich schmerzvoll zusammenziehen. Ich wollte nicht, dass es schon vorbei war. Ich wollte … ich wollte, dass Blake mich liebte. Es endete, noch ehe es irgendwie angefangen hatte und mir gefiel der Gedanke nicht, mich von ihm verabschieden zu müssen.

Ich wollte, dass dieser Bad Boy mich liebte. Welcher Idiot würde hoffen, dass ein Playboy wie er sich für eine Frau niederließ? Er hatte nie Interesse daran gezeigt sich niederzulassen, was war also der Unterschied? Nichts, da war ich mir sicher. Ich war nicht daran interessiert, ihn mit einer anderen Frau zu teilen. Ich war gierig, hungrig und sehnte mich nach ihm. Ich wollte ihn. Er hatte mich gefickt, aber ich würde mich damit nicht zufriedengeben. Das reichte nicht. Ich brauchte eine tiefere, innigere Beziehung mit ihm. Ich wollte seine beste Freundin sein. Ich wollte mit ihm ins Kino oder in Restaurants gehen, und nicht nur so tun als ob und wir könnten witzig sein und lachen und dann nach Hause gehen und frei die ganze Nacht vögeln.

Ich musste etwas Dramatisches tun, wenn das hier vorbei war. Ich musste eine Art Veränderung machen, aber ich hatte keine Ahnung was. Ich brauchte eine Art ablenkendes Hobby, was mir dabei half, zu vergessen.

Blake Collins war in mir, sowohl körperlich als auch mental und ich brauchte Zeit herauszufinden, wie ich mein Leben nach ihm gestalten wollte. Die Leere würde groß sein, aber ich wusste, die Zeit würde die Wunden heilen. Frank würde es nicht wagen, mir einen Monat Pause nach so einem großen Coup nicht zu gönnen, also konnte ich mich zumindest darauf freuen. Ich konnte irgendwo hingehen, wo es schön war, eines dieser Resorts, die sich um alles kümmern und wo du dich auf deine Bräunung konzentrieren konntest, während heiße Kellner dir Margaritas servierten. Ich könnte vielleicht sogar jemanden kennenlernen, der kein Sportler war, der keinen Ärger versprach, mich umhaute, mich ins Bett trug und …

Das Problem war, ich wollte nichts davon. Ich wollte nicht, dass die Zeit mit Blake endete. Ich wollte nicht mit einem sexy Barkeeper an einem weißen Sandstand anbändeln. Ich schaute auf den Verlobungsring an meinem Finger und spürte wie mein Magen sich wieder zusammenzog. Als ob er meine Gefühle widerspiegeln würde, blinkte und glitzerte der Ring so hell, wie ich es noch nie bemerkt hatte, mit wunderschönen Farbtönen. Was ich wollte, war, dass der Verlobungsring echt wäre und ich ihn für immer an meinem Finger behalten könnte. Ich wollte, dass er eine Bedeutung hatte und ich wollte, dass Blake mich ansah und mich mit demselben Paar Augen ansah, wie ich ihn jetzt sah.

Sei nicht bescheuert! Ich schüttelte meinen Kopf und versuchte wieder die Realität zu sehen. Blake Collins wollte niemanden wie mich für mehr als eine Nacht in seinem Bett, er hatte mich für seine Lust benutzt. Ich sagte mir das vor, während ich mich im Spiegel ansah, traurige Augen blickten mich im Spiegelbild an. Das einzige Problem war, ich wollte kein Wort davon glauben.

lake

Es war ein toller Tag und ich fühlte mich wie an der Weltspitze. Von dem Moment an, seitdem ich aus dem Haus und in das Taxi gestiegen war, wusste ich, dass sich die Dinge verändert hatten. Und als ich das Eis betrat, wusste ich, dass das Spiel mir gehören würde. Ich hatte keine Ahnung, woher ich das wusste, noch ehe der Puck gefallen war, aber ich wusste es. Es war, als wenn alles gut lief, alle Sterne standen genau da, wo sie sollten oder so ähnlich. Die Sonne schien, die Vögel sangen. Es war Zeit, all diese Klischees aufzugreifen, wenn man sich gut fühlte.

In mir brannte ein Feuer und ich war bereit, dafür in den Biestmodus zu gehen. Winnipeg spürte das und das warf sie aus ihrem Spiel. Angst lag in ihren Augen, als ich auf sie zugeschossen kam. Ich fühlte mich, als ob ich gegen ein Team von Losern spielte – ich konnte ihre

Körpersprache lesen und wenn nicht, dann ließ ich sie meine lesen, schmiss Männer an die Bande, sodass sie es sich zwei Mal überlegten, ob sie es mit mir aufnahmen. Ich erlaubte meiner Liebe zum Spiel, die Kontrolle über meinen Geist und Körper zu übernehmen.

Es war ein Gemetzel und fesselte die Play-offs. Ich wusste, ich konnte das so weitermachen. Und ich wusste warum. Ihr Name war Chloe und sie war das neue Öl für mein Feuer.

Ich war wütend und verärgert, dass sie heute Morgen so gegangen war. Ich hatte den Tag mit ihr im Bett verbringen wollen, aufstehen zum Frühstück und dann direkt mich wieder in ihr vergraben wollen. Ich wollte mich in ihr verlieren. Ich hatte mich wie ein verwöhntes Kind gefühlt, das seinen Willen nicht bekam, als sie ging und ich wollte nicht, dass sie ging, aber ich wusste, ich musste sofort raus aus dem Scheiß.

Sie hatte recht und ich wusste es. Ich hatte ein Spiel zu spielen und meine Konzentration sollte darauf liegen. Es waren die Play-offs und Chloe hatte mir gesagt, ich solle ihnen in den Arsch treten, und das würde ich tun. Ich wollte immer jemanden in den Arsch treten, aber heute fühlte ich mich, als ob die Welt mir gehörte und ich würde heute an meine Grenzen gehen.

Chloe stand vor der Umkleide im Sicherheitsbereich und sah nervös aus.

„Was ist los?", fragte ich.

„Es ist vorbei", sagte sie, ihre Augen waren weich und traurig im Inneren aber im Äußeren hart.

„Was meinst du?" Ich gab ihr eine halbe Umarmung als Begrüßung.

„Du hast das beste Spiel gespielt. Tom schickt Ralph morgen einen Vertrag zu. Der Abschluss ist nur noch Formsache." Sie drehte den Ring an ihrem Finger. „Das

Spiel, das wir spielen, ist also fast vorbei. Ein paar Tage noch und ich kann den hier zurückgeben. Du hast alles bekommen, was du wolltest. Herzlichen Glückwunsch." Sie sagte letzteres ausdruckslos und das stach mir direkt ins Herz.

„Oh sicherlich", sagte ich knapp. Ich schaute ihr Gesicht an und begann zu verstehen.

„Glaubst du, letzte Nacht ging es nur darum, Sex mit dir zu haben?" Ich lehnte mich zu ihr, bis unsere Gesichter nur noch ein paar Zentimeter voneinander entfernt waren. Ich konnte ihren Atem spüren.

„Was sonst?" Sie zuckte lässig mit den Achseln.

Ich seufzte. „Ich will den Ring zurück."

„Klar. Sobald alles unterschrieben ist. Dann können wir bekannt geben, dass die Hochzeit abgesagt wurde."

„Nein."

Sie zuckte zusammen. „Natürlich. Du willst dein altes Leben zurück."

„Man kann nicht immer zurück dahin, wie die Dinge vorher waren, Chloe. Dein Plan, dieses Spiel, das wir gespielt haben, das hat zu viele Dinge verändert." Ich warf ihr einen tiefen und bedeutungsvollen Blick zu.

„Ich verstehe nicht." Sie schaute mich verwirrt an. Ich konnte nicht glauben, dass sie *immer noch nicht* verstand, was ich versuchte, ihr zu sagen.

„Was passiert ist? Ich sehe das Leben jetzt anders, nachdem ich dich kennengelernt habe. Ich habe nicht nur gut gespielt, weil ich mich gut fühlte. Heute sehe ich das Leben anders, auf einem ganz anderen Level. Das ist natürlich nicht erst heute passiert, ich habe erst mal eine Weile gebraucht, um zu verstehen, was los ist."

„Und was war das?" Sie verschränkte ihre Arme. Sie war so stur, aber ich war entschlossen, zu ihr durchzudringen.

„Dass ich mich in dich verliebt habe. Ich habe gelernt, dass mein Begehren nach dir, bei dir zu sein, unersättlich ist." Ich strich ihr eine Haarsträhne aus dem Gesicht.

„Aber …" Sie versuchte noch einmal zu protestieren, also redete ich weiter.

„Ich will den Ring zurück, aber nur weil er Teil dieses verrückten Schauspiels ist, das wir gespielt haben. Ich möchte ihn loswerden." Ich griff in meine Tasche und holte eine Schachtel hervor. „Ich habe das hier heute Morgen aus meinem Safe geholt. Er ist nicht stylish, wie der hier, aber er gehörte meiner Großmutter." Ich hielt ihn ihr hin.

Sie öffnete die Schachtel und ihr Mund blieb offen stehen, ihre Augen blitzten vor Bewunderung. „Er ist wunderschön."

„Wir können den anderen zurückgeben oder ihn verkaufen."

Sie zwinkerte. „Du willst, dass ich diesen Ring hier trage?"

„Naja, was ich will ist, dass du mich heiratest. In echt." Bei dieser Aussage ging ich auf ein Knie, für einen echten Antrag für die Frau, die ich bedingungslos liebte.

Sie stand wie erstarrt vor Schreck und starrte mich an. Ich fragte mich, ob mein Herz aufgehört hatte zu schlagen oder ob die Welt stillstand.

hloe

Ich war mir sicher, dass ich wie ein kompletter Idiot aussah, wie ich dastand und auf Blake starrte. Ich keuchte vor Bewunderung bei dem Ring, unsicher, wie ich reagieren sollte. Alles, was ich tun konnte, war den Ring anzustarren, die Wörter waren mir im Hals stecken geblieben. Ich konnte ihm nicht in die Augen sehen, weil ich wusste, dass ich dann weinen müsste.

„Ich will, dass du mich heiratest", sagte er wieder. Er versuchte mich von etwas zu überzeugen, was ich ganz tief in mir drin bereits fühlte. Sein Grinsen hatte eine wunderbare jugendliche Qualität an sich, aufgeregt und hoffnungsvoll.

„Ich muss nachdenken", sagte ich und schüttelte meinen Kopf und sein Grinsen verschwand, zerbrach und verschwand. Aber es stimmte. Ich konnte kaum atmen, noch weniger klar denken. Ich konnte nicht einfach so ja sagen, egal was mein Herz versuchte mir zu sagen.

„Klar", sagte er. Er nahm die kleine schwarze Schachtel mit dem Ring darin und steckte sie wieder in seine Tasche. Ich sah den Schmerz in seinen Augen. Er hatte erwartet, dass ich vor Freude übersprudeln würde, aber ich war so überwältigt von ihm, dass er die Frage gestellt hatte, auf die ich nicht zu hoffen gewagt hatte, auch wenn ich wusste, dass es genau das war, was ich wollte, dass ich einen klaren Kopf brauchte – ich musste sicher sein. Ich brauchte Zeit, um herauszufinden, ob es ihm wirklich ernst war.

„Lass dir Zeit", sagte er. Er warf mir ein verärgertes Lächeln zu. Ich drehte mich von ihm weg und von der Schachtel, wo dieser wunderschöne Ring, glitzernd und wunderschön drin lag. Es war auch aufrichtig von ihm, weil er seiner Oma gehört hatte. Das hieß, es hatte eine tiefe Bedeutung. Er hatte mich für wertvoll genug empfunden, dass ich ihn tragen durfte, und hatte mich trotz aller Schwierigkeiten ausgewählt. Ich wusste, was ich tun musste. Es war in jedermanns Interesse, einfach wegzugehen und mir die Zeit zu nehmen, um dies durchzudenken. Ich wollte es, aber da sprach mein Herz und nicht mein Kopf. Wir waren total unterschiedlich, er war die Nacht und ich der Tag. Wir hatten ganz verschiedene Herkünfte, eine Ehe … wie konnte die überleben?

Ich dachte an mein Gespräch mit Tom Lassiters Tochter Daphne zurück. Wie sie mir erzählt hatte, dass seine Frau ihn praktisch „trainiert" hatte, wie er sich zu verhalten hatte. Wollte ich so eine nervige Frau sein? Wollte ich eine Person verändern?

Von ihm wegzugehen mit dieser Unsicherheit zwischen uns war schmerzvoll. Und verdammt, ich hatte mein ganzes Leben lang auf meinen Kopf gehört. Es hatte mir Erfolg im Geschäftlichen gebracht und ein leeres Privatleben. Was für ein Idiot spielte im Geschäftlichen auf Risiko und ging privat auf Nummer sicher in der Liebe? Das Universum würde einen Weg für uns finden.

Ich drehte mich um und sah ihn dort stehen, meinen stoischen Krieger und ich erkannte, dass ich ihn nicht darum bitten würde, sich zu verändern. Er war ein Mann, der seine eigenen Entscheidungen traf und ich liebte sein Selbstvertrauen, seine arrogante Alphamännchen-Haltung. Ich liebte es, wie er überhaupt nicht schüchtern dabei war, wenn er etwas wollte.

Die Frage war nicht, ob ich Blake verändern würde. Die wirkliche Frage war, würde er mich verändern? Und die Antwort war nein. Ich war genauso stur wie er. Wenn er in meiner Welt war und in meinem Bett würde er nach meinen Regeln spielen?

Das würde er müssen.

Wusste er das?

„Blake", sagte ich.

Er schaute mich ruhig an, zeigte keine Regung, aber ich kannte die Antwort. Ja, er kannte die Regeln dieses Spiels, er wusste es und er wollte es trotzdem spielen. Da war eine Hitze in seinen Augen und Hunger und etwas Verletzliches, was ich noch nie zuvor gesehen hatte. Es war sein Schmerz, der mich fertig machte. Er bot mir alles an, erwartete, verletzt zu werden. „Was ist los, Baby?"

„Ich habe darüber nachgedacht und … die Antwort ist ja."

Ein Licht schimmerte in seinen Augen, ein kleines Lächeln umspielte seine Lippen. „Du willst mich heiraten?"

„Ja", ich grinste ihn an und kam näher, bis wir uns fast berührten. Mein Herz sprang fast aus meiner Brust.

„Gut, weil ohne das nervt dieser Verlobungsscheiß." Ich lachte bei unserem kleinen Witz. Er stellte sich hinter mich und schlang diese starken Arme um mich und zog mich gegen seinen harten Körper. Ich fühlte das Zittern der Erregung, das durch mich fuhr.

„Wenn die Saison vorbei ist, wenn du die Winnipeg-Arschlöcher über das Eis geschickt hast, können wir unser Hochzeitsdatum bei der Zeremonie bekannt geben, nachdem du den Pokal bekommen hast." Ich schaute zu ihm hoch, glücklich unsere Zukunft zusammen planen zu können.

Er küsste meinen Nacken. „Wir können nach Tahiti in die Flitterwochen fahren. Ich habe über einen Ort mit Hütten an einem privaten Strand gelesen auf einer privaten Insel. Und es gibt kein Eis."

„Ja, das hört sich super an", ich gurrte praktisch, als ich dort in seiner Umarmung stand und seine Hände meine Hüften berührten und unter meinen Rock fuhren, um mich durch das Seidenhöschen zu streicheln, was sich noch besser anfühlte. „Ich habe schon immer von so einem Resort geträumt, mit einem Häuschen mit Strohdach am Strand. Wir könnten eine große Hochzeit dort feiern und dann auf die private Insel abhauen, wo wir nackt spazieren gehen können."

„Spazieren gehen?" Seine Finger glitten unter den Schritt meiner Hose und in meine nasse Muschi. „Ich werde es auf meine Weise mit dir versuchen, Chloe. Ich werde diese nasse Muschi so ficken, dass du nicht mehr viel laufen können wirst." Er rieb seinen Schritt gegen meinen Hintern und ließ mich seine wachsende Erektion fühlen.

„Das hört sich wunderbar an", sagte ich und versuchte durch die Lust zu atmen.

„Ich nehme an, das heißt, dass wir viel zu tun haben. Ich muss diese Play-offs gewinnen und der einfachste Weg, das zu tun, ist die nächsten drei Spiele in Folge zu gewinnen, dann müssen wir die Hochzeit und den Empfang organisieren ..."

Ich wackelte mit meiner Hüfte und spürte seinen harten Schwanz an meinem Hintern. „Du gewinnst die Play-offs und ich werde mich um die anderen Details kümmern.

„Eine faire Arbeitsteilung. Ich nehme an, ich werde meine Verträge bekommen."

Ich lachte. „Die erste Vereinbarung als mein Ehemann in spe, ist mich zu schwängern." Ich wollte unbedingt ein Baby.

Er drehte sich zu mir um und küsste mich hart und drückte mich gegen die Wand. Er griff nach meiner Bluse und zog an dem elastischen Ausschnitt und zog es über meine Schultern, entblößte meine Brüste und nahm meinen Nippel in den Mund, um hart daran zu sagen. Er schob meinen Rock bis zur Hüfte hoch und legte seine Hand zwischen meine Beine, zog den Schritt meiner Hose beiseite und stieß einen Finger in mich. Ich stöhnte. „Was machst du?" Wir waren immer noch in einem halb-öffentlichen Bereich.

Sein Körper hatte mich gegen die Wand gedrückt, er zog seine Hose herunter und holte seinen geschwollenen Schwanz heraus. Er hatte noch nie so groß oder so schön ausgesehen und ich liebte den Gedanken, dass er für den Rest des Lebens mir gehören würde. „Dich zu schwängern ist ein großer und wichtiger Job."

Ich griff hungrig nach ihm und schlang meine Finger um den geschwollenen Schaft. „Es ist zu früh, um damit anzufangen. Ich will keinen Babybauch in unseren Flitterwochen haben."

„Nein, aber es ist ein wenig wie auf die Play-offs hinzuarbeiten. Wir müssen ein wenig mehr üben."

Er nahm ein Kondom aus seiner Tasche und überreichte es mir. „Fickst du so auch deine Groupies?", fragte ich, als ich es ihm überzog. „Nimmst du sie einfach auf dem Flur?"

„Manchmal habe ich das gemacht, aber jetzt hast du einen Exklusivvertrag."

Er hob mein Bein und rammte seinen Schwanz in mich, dann griff er nach einem weiteren Bein und hob mich hoch. Als ich meine Fersen um seine Hüften schlang, griff er meine Pobacken und stöhnte vor Lust, als er mich mit seinem dicken, geschwollenen Schwanz aufspießte. Es fühlte sich unglaublich heiß an, als er in mich rammte und gegen die Wand prasste. Er legte meine Arme über meinen Kopf, während er zustieß. Mein Bad Boy nahm mich direkt hier in der Halle, fickte mich hart, wunderbar hart.

Sein Schwanz, der sich in mir bewegte, massierte mein Fleisch und erregte mich. „Heilige Scheiße", hörte ich mich selber stöhnen.

Mein ganzer Körper zuckte und der Raum begann, sich zu drehen. Ich kam hart, schon fast gewaltig.

„Verdammt Chloe!", stöhnte er. „Das ist unglaublich."

Ich fühlte das Pulsieren des Schwanzes in mir; er legte seinen Mund an meinen Hals und biss mich, als er kam.

Als er langsam seufzte, küsste ich seine Wange. „Verdammt, ich werde dich heiraten, Blake Collins."

KAPITEL 18

lake

Es war schwer zu glauben, dass der Tag endlich gekommen war. Wer hatte gedacht, dass ich am Ende der Typ war, der sich mit einer Frau niederließ, in die ich mich Hals über Kopf verliebt hatte, aber es war echt und es war passiert. In einem Schleier von Veranstaltungen hatten Chloe und ich geheiratet. Ich war noch nie glücklicher in meinem Leben gewesen und sie war das fehlende Puzzlestück, von dem ich nie wusste, bis ich es gefunden hatte. Sie passte perfekt in mein Leben und war ein toller Kumpel und Groupie. Ich brauchte nur sie.

Wir waren sechs Monate verlobt gewesen, wenn man die vorgetäuschte Zeit mitzählte und ich spürte immer noch ein Zittern der Lust jedes Mal, wenn ich sie ansah. Ihr warmes, einladendes Lächeln, die verführerischen Augen und ihr wunderschönes langes blondes Haar, schickten mich über den Rand des Verlangens und ich konnte kaum glauben, dass sie mir gehörte. Ihre Berührungen erregten mich immer noch sofort und ich konnte einfach nicht genug von ihr bekommen. Obwohl ich andere Frauen bemerkte, hatte ich diejenige, die ich wollte. Sie war immer die heißeste Frau in jedem Raum, den sie betrat.

Sogar beim Tanzen mit Tom Lassiter konnte ich nicht anders, als von ihr verzaubert zu sein. Sie war faszinierend und verzauberte mich.

„Du weißt, dass das nicht sehr schmeichelhaft ist", sagte Daphne. Ich tanzte mit ihr und schaute in ihr schönes Gesicht. „Du hast mich hier in deinen Armen, so nah und du beachtest mich überhaupt nicht. Ein Mädchen könnte dabei Komplexe kriegen."

„Das tut mir leid", sagte ich und kicherte.

Sie lachte. „Es ist ein wenig erbärmlich zu sehen, dass der Bad Boy des Teams seine Gedanken nicht für fünf Minuten von seiner neuen Frau nehmen kann. „Süß, aber erbärmlich."

„Chloe nennt das romantisch. Wer hätte gedacht, dass ich die Art von Mann sein kann?" Ich lachte wieder.

Daphne berührte meine Wange. „Sie hat recht. Das ist es und ich necke dich gnadenlos. Wie oft erhalte ich die Chance dich zu quälen, Blake? Natürlich muss ich zugeben, dass Chloe klug, sexy und eine sehr glückliche Frau ist."

Ich hatte Daphne immer gemocht. Sie war ein nettes Kind. Sie schien ziemlich reif für ihr Alter. „Naja, sie ist klug und sexy. Ich glaube, ich bin der Glückliche."

„Du hast verdammt noch mal recht. Und du denkst besser da dran, weil wenn du sie nicht richtig behandelst, dann trete ich dir in den Hintern."

„Darauf wette ich", ich lachte. Für ein Mädchen, das gerade neunzehn geworden war, hatte sie ziemliche Ahnung davon, wie die Dinge in der Ehe funktionierten. Ich wusste, sie würde einen Mann irgendwann sehr glücklich machen. „Wenn man bedenkt, dass ich beabsichtige, sie auf Händen zu tragen, dann muss ich mir wohl keine Sorgen machen."

„Das ist dann wohl alles offen", sie zwinkerte mir zu.

Tom und Chloe tanzten in der Nähe und Daphne drehte sich zu ihrem Vater. „Tanz mit mir, Papa. Blake sehnt sich nach seiner Braut und er ist so zuckersüß damit, dass ich bald Zahnschmerzen kriege."

„Okay", sagte Tom. „Ich habe dann immer noch ein schönes Mädchen im Arm."

„Das hast du auf jeden Fall", sagte ich, erleichtert, Chloe wieder in meine Arme ziehen zu können. Ich wirbelte sie herum wie eine Prinzessin, schaute auf ihre wunderschöne Figur und wusste, dass sie perfekt war – alles, was ich jemals an einem Lebenspartner wollte. Ihr weißes Hochzeitskleid war wunderschön, lang und fließend mit Blumen und Perlen, die den unteren Rand dekorierten. Sie sah aus, als ob sie gerade aus einem Märchen käme.

„Ich liebe dich", sagte sie. Ich fühlte, wie mein Herz pochte. Ich würde nie müde davon werden, das zu hören und es war wunderbar, geliebt zu werden. Ich wusste nicht einmal, was ich vermisst hatte, aber ich wusste, dass ich jetzt niemals mehr ohne ihre Begleitung leben könnte. „Stell dir vor, in vierundzwanzig Stunden werden wir in Tahiti sein."

Ich konnte nicht aufhören, mir Chloe in einem heißen schwarzen Bikini am Strand vorzustellen. Ich würde sie überall eincremen und zusehen, wie ihre Augen sich mit Lust fühlten. Dann würde ich sie mit in die Brandung nehmen, den kleinen String beiseite ziehen und sie wie wild ficken, wenn die Wellen über uns rollten.

„Ich hoffe, du hast nicht die teuflischen Absichten vergessen, die du versprochen hast." Sie drückte ihre Kurven mit einem Lächeln an mich und küsste sanft meinen Lippen, die ultimative Neckerei vor allen.

„Nicht nur eine – sie sind genauso teuflisch, wie du es dir vorstellst." Ich grinste und sie wurde rot.

Sie legte ihre Lippen an mein Ohr. „Was machst du mit mir, mein Ehemann?"

Ich knurrte praktisch, als ich meine harte Länge in ihren weichen Körper stieß und sicherging, dass sie genau wusste, wie sehr ich sie wollte. „Ich werde dich am Strand ficken und im Wasser. Ich werde dich eine ganze Woche nackt haben und dich in jeder Position ficken." Ich ließ meine Hand auf ihren Hintern fallen und zog sie enger an mich heran. „Und überall. Du gehörst jetzt mir, Chloe. Alles an dir. Und ich habe ein sehr gute Vorstellungskraft."

Mein Schwanz zuckte, als ihre weichen Lippen meinen Hals berührten. „Ich liebe die Art, wie du denkst, mein Schatz, aber alles was ich höre sind Worte. Ich will ein wenig Aktion."

„So wie du mich inspirierst, sollte das kein Problem sein. Du bist wirklich magisch."

„Schön das du das bemerkt hast." Sie ließ ihre Hand auf die wachsende Beule in meiner Hose gleiten. Ich war bereit für jede Menge Spaß mit dieser schönen Frau.

Ich zweifelte, dass es für Chloes Magie möglich wäre, jemals nicht mehr auf mich zu wirken. Sie hatte eine wunderbare, lustvolle Vorstellung, wenn es um unsere Zeit zusammenging und ich vergewisserte mich, dass ich jeden Moment davon schmeckte und zu schätzen wusste. Ich würde unsere Liebe nicht ausnutzen. Wir kannten uns zwar noch nicht lange, aber die Flamme brannte stark in unseren Herzen und die Verbindung und die Chemie waren sofort da gewesen. Ich hatte nicht einen Moment daran gezweifelt, dass ich mit Chloe als meiner Frau die beste Wahl getroffen hatte.

EPILOG

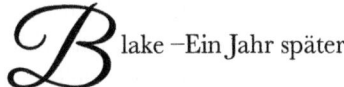lake –Ein Jahr später

Ich rannte ungeduldig auf dem Flur umher und fuhr mir mit den Fingern durch die Haare. Ich schaute aus dem Fenster und kratzte die Bartstoppeln in meinem Gesicht. Ich konnte nicht stillstehen, ich warf einen Blick auf Chloe, die mir ihre Hand hinhielt. Ich ging hinüber und nahm sie und drückte sie leicht. Ich lächelte sie an, während sie auf ihrem Rücken lag und ihre Hand auf ihrem angeschwollenen Bauch ruhte.

„Entspann dich", sagte sie und lächelte. „Du bist aufgeregt und nervös, obwohl es keinen Grund gibt. Ein großer Junge wie du kann doch damit umgehen, oder?" Ihre Stimme beruhigte mich ein wenig, sie hatte diese geduldige Haltung, die mich immer wieder runterbrachte, wenn ich es brauchte.

Das Gefühl ihrer warmen Hand auf meiner beruhigte mich. „Wenn es sein muss." Ich neckte sie nur, ich war genauso gespannt wie sie selbst.

„Naja, das musst du. Ich glaube nicht einmal ein Hockeyspieler wie du kann es schaffen, die Dinge zu beschleunigen." Sie rieb weiterhin ihren Bauch.

Dann kam die Ärztin in das Zimmer und begrüßte zuerst Chloe. Sie war eine Frau mittleren Alters mit lustiger Brille und einem hellen, freundlichen Lächeln. Sie sah mich an und erstarrte. Ich wusste, sie hatte mich erkannt.

Chloe kicherte. „Sind Sie ein Hockeyfan, Dr. Weiss?"

Sie wurde rot. „Ein Blizzard Fan auf jeden Fall. Ich versuche es zu allen Heimspielen zu schaffen." Dann gewann sie ihre Haltung wieder und verfiel wieder in ihre professionelle Haltung. Das machte mir nichts, ich liebte es, wenn ich von einem Fan erkannt wurde. Vielleicht könnte ich einen Puck für sie unterschreiben oder so. „Aber Sie sind ja wegen etwas Wichtigem hier. Lassen Sie uns mal sehen, wie es dem Baby geht."

Ich schaute zu, als sie Chloes wunderschönen runden Bauch entblößte, ein wenig Gel darauf schmierte und einen Sensor darauf drückte. Das schattige Bild erschien auf dem Bildschirm neben dem Bett und das Geräusch des Herzschlags des Babys erfüllte den Raum, ein starkes, pulsierendes Geräusch. „Das hört sich gesund an", sagte ich. Ich fühlte Erleichterung dabei, zu wissen, dass mein Baby einen starken Herzschlag hatte.

Die Ärztin lächelte mich an. „Ein gesundes Herz und eine gute Entwicklung."

Sie hielt inne. „Wollen Sie das Geschlecht des Babys wissen?"

Ich schaute Chloe an und sie grinste. „Das ist für dich Blake. Ich weiß es bereits."

„Du weißt es?" Ich war überrascht, wie sie das

herausgefunden hatte. Ich konnte nicht anders und fühlte eine Neugierde es selbst zu wissen.

„Eine Mutter weiß das eben."

Die Ärztin schüttelte ihren Kopf. „Sie glauben, dass sie es wissen, aber Mütter sind unglaublich unverlässlich in der Hinsicht."

„Willst du es wissen, Blake?", fragte Chloe.

„Oh, klar warum nicht", sagte ich und setzte mich gerade hin.

„Es ist ein Mädchen."

Ich schaute die Ärztin an. „Stimmt das?" Ich war überaus erfreut. Die Ärztin nickte und lächelte. „Ein gesundes Mädchen genau nach Plan für eine zeitmäßige Entbindung. Sie sah mich wieder an. „Mutter und Baby scheinen sich pudelwohl zu fühlen."

Ich seufzte und sank in meinen Stuhl. „Wow, das ist toll. Unglaublich, wirklich!"

Ein Mädchen. Chloe und ich würden eine Tochter bekommen. Noch wichtiger, ich würde Vater werden. Etwas, was ich mir vor einem Jahr noch nicht hatte vorstellen können. Ich war bereit, die Herausforderung anzunehmen und meine neue Rolle als Ehemann, Vater und Beschützer anzunehmen.

„Die Sprechstundenhilfe wird einen Termin für Ihre nächste Kontrolle vereinbaren, aber ich glaube, das wird eine leichte Geburt", sagte die Ärztin. Sie wischte Chloes Bauch ab und zog den Kittel wieder an Ort und Stelle und stand auf, um zu gehen.

„Du solltest der Ärztin ein Groupie Shirt geben", neckte Chloe und stieß mich an.

„Du wirst nie Ruhe geben damit, oder?" Ich schüttelte meinen Kopf, aber ich wusste, dass sie nur Witze machte.

Sie grinste. „Warum sollte ich?"

„Ich kann es besser", antwortete ich. Die Ärztin warf mir einen fragenden Blick zu.

„Wenn Sie zum Eröffnungsspiel kommen, sagen Sie dem Platzanweiser ihren Namen. Ich werde Ihnen einen Sitz in der Eigentümerbox reservieren." Ich stand auf und schüttelte der Ärztin die Hand.

Das Gesicht der Frau erhellte sich wie ein Weihnachtsbaum. „Wow, das wäre toll." Dann sah sie peinlich berührt aus. „Wäre es möglich...?"

„... ein Date mitzubringen? Klar, kein Problem. Es wäre mir eine Freude." Ich lächelte sie an und meinte es wirklich so. Sie würde immerhin mein Baby zur Welt bringen. Ich schuldete ihr etwas.

Als die Tür sich schloss, lachte Chloe. „Du kannst den Mädchen widerstehen, aber nicht dem Macho Bad Boy."

„Und du würdest das nicht wollen. Es ist Teil des Pakets, erinnerst du dich?" Ich klatschte mich bei meiner wunderschönen, strahlenden Frau ab.

„Nicht im Geringsten ... nicht, wenn ich davon profitieren kann, abgesehen von der geringen Menge, die du verwendest, um deine Gegner auf dem Eis plattzumachen."

Ich dachte darüber nach, eine Tochter zu haben, ein winziges Mädchen, das zu einer wunderschönen und intelligenten Frau heranwachsen würde, wie ihre Mutter. Ich war aufgeregt ein Mädchen zu haben, das ich eines Tages mit aufs Eis nehmen konnte. Wer weiß, vielleicht hatte sie ein Talent fürs Eislaufen. Ich liebte es, von meiner Zukunft mit meinen Mädchen zu träumen.

Chloe versuchte sich gegen die Schwerkraft ihres wachsenden Bauches aufzurichten, also bot ich ihr meine Hand als Hilfe. „Geht's dir gut Blake? Du siehst besorgt aus. Die Ärztin sagt, alles ist gut." Es gab einen Hinweis auf Sorge in dieser sanften Stimme von ihr.

„Wir werden eine Tochter haben!", erklärte ich.

„Das wissen wir alle."

„Sie wird niemals daten. Und besonders keinen Sportler." Ich würde die Gesetze machen, noch ehe sie geboren war.

Chloe lachte. „Warum nicht?"

"Weil ich weiß, wie diese Männer so sind", sagte ich und zeigte auf mich selbst.

„Ich auch", sagte sie. „Wir werden eine starke Frau aus ihr machen."

„Stark?" Ich konnte nicht ganz folgen.

„Selbstbewusst. Bei uns wird sie lernen, wie sie mit Menschen umgehen muss und in allem herausragend sein kann, was sie sich in den Kopf gesetzt hat." Sie lächelte mich zwinkernd an. „Ich werde ihr beibringen, wie sie diese frechen Jungs im Zaum hält. Immerhin wird sie irgendwann auch einen haben wollen?"

Das ließ mich stöhnen. Ich war bereit Vater zu werden, aber ich war nicht in Eile mit anderen Idioten da draußen umzugehen. Obwohl ich wusste, dass das schon bald kommen würde.

„Komm Blake. Sie wird unser kleines Mädchen sein, aber dann eine Frau werden – Ich weiß, das ist alles, was du für sie willst. Und du wirst keinen Schwiegersohn wollen, der ein Idiot ist oder?" Chloe hatte von dem Kittel, den sie für die Untersuchung getragen hatte, wieder in ihre normale Kleidung gewechselt.

Ich war mir nicht so sicher, ob das genau das war, was ich wollte. „Es hatte etwas an sich." Ich wusste nicht, warum wir uns *heute* darüber Sorgen machten.

Chloe lachte auf diese wunderbare Art, die mich

wissen ließ, dass ich dumm war. Ich war froh, dass mich süß fand.

„Solange es kein Typ wie ich ist." Ich hasste es, das zugeben zu müssen, aber meine früheren Bad Boy Tage, würden noch lange Zeit an mir haften.

„Ich nehme an, wir haben noch Zeit um übers Daten zu diskutieren."

„Lass sie erst Mal in die erste Klasse kommen", sagte Chloe und dann lachten wir beide.

Ich war überwältigt von einer Flut von Gedanken, Träumen, Sorgen für dieses neue Leben, das bald auf die Welt kommen würde. Ich war benommen, aus dem Gleichgewicht geraten, und war noch nie glücklicher in meinem Leben gewesen.

Chloe schaute zu mir hoch. „Küss mich, mein Bad Boy."

„Immer", sagte ich und zog sie nahe zu mir heran und wollte sie nie mehr gehen lassen.

Lies Wie man einen Cowboy liebt nächstes!

Pete

Auf dem Killarny-Anwesen macht man sich bereit für das Waters Derby. Ich erinnere mich noch an die kleine Sara Waters und wie sie mich gepackt und geküsst hat, in der Scheune der Waters, als sie gerade einmal zehn Jahre alt war. Das letzte Mal sah ich sie, da war ich noch mit meiner Exfrau Kelly verheiratet. Das einzig Positive, das diese Ehe hervorgebracht hat, ist meine zwölfjährige Tochter. Eine richtige Beziehung hatte ich seither nie wieder.

Als Sara zu uns auf die Ranch kommt, um mir zu sagen, dass ihr Vater keine Killarnys zum Derby zulässt, weil wir angeblich illegale Sachen machen, da war meine Reaktion, nun, sagen wir, etwas ungehalten. Eher friert die Hölle zu, als dass wir uns davon abhalten lassen oder ich mich von ihrem heißen, kleinen Körper fernhalten könnte.

Sara

Die Anweisungen meines Vaters waren eindeutig. Sag den Killarnys, sie dürfen nicht am Rennen teilnehmen. Unsere Familien kennen einander schon sehr lange, daher wollte ich das nicht per Telefon klären, sondern bin rausgefahren zu ihrem Anwesen. Aber Pete Killarny weigert sich, die Entscheidung meines Vaters zu akzeptieren. Wem soll ich denn nun glauben? Meinem Vater, der sich sein ganzes Leben lang um mich gekümmert hat oder dem heißen Cowboy, in den ich schon seit meinem zehnten Lebensjahr verliebt bin?

Lies Wie man einen Cowboy liebt nächstes!

Liebe mich nicht

Hasse mich nicht

Höllisch Heiß

Dr. Umwerfend

Handy

Bad Behavior

Bad Reputation

ÜBER DIE AUTORIN

Jessa James ist an der Ostküste aufgewachsen, leidet aber an Fernweh. Sie hat in sechs verschiedenen Staaten gelebt, viele verschiedene Jobs gehabt und kommt immer wieder zurück zu ihrer ersten großen Liebe – dem Schreiben. Jessa arbeitet als Schriftstellerin in Vollzeit, isst zu viel dunkle Schokolade, ist süchtig nach Eiskaffee und Cheetos und bekommt nie genug von sexy Alphamännchen, die genau wissen, was sie wollen – und keine Angst haben, dies auch zu sagen. Insta-luvs mit dominanten, Alphamännern liest (und schreibt) sie am liebsten.

HIER für den Newsletter von Jessa anmelden:
http://bit.ly/JessaJames